धोखा

धोखा

सूरजपाल चौहान

वाणी प्रकाशन

वाणी प्रकाशन

4695, 21-ए, दरियागंज, नयी दिल्ली 110 002

शाखा

अशोक राजपथ, पटना 800 004

फ़ोन: +91 11 23273167 फ़ैक्स: +91 11 23275710

www.vaniprakashan.in
vaniprakashan@gmail.com

DHOKHA
by Surajpal Chauhan

ISBN : 978-93-5000-760-0
Collection of Short Stories

प्रथम संस्करण

मूल्य :₹ 75

आर. टेक ऑफ़सेट, दिल्ली-110095 में मुद्रित

वाणी प्रकाशन का लोगो मक़बूल फ़िदा हुसेन की कूची से

देश के सभी दलित लेखकों/साहित्यकारों
को
सादर समर्पित!

साभार

हंस, कथा देश, वर्तमान साहित्य, युद्धरत आम आदमी,
कादम्बिनी, अरावली उद्घोष, बया, साहित्य अमृत,
लोकमत समाचार (हिन्दी),
समकालीन भारतीय साहित्य, दैनिक भास्कर।

भूमिका

चर्चित लेखक सूरजपाल चौहान का यह लघु कथा संग्रह जातिवादी समाज की वास्तविकताओं को बिना किसी लाग-लपेट के प्रस्तुत करता है। यह संग्रह उस विलक्षण आईने की तरह है जिसमें अपना अक्स देखा जा सकता है और उसके पार भी। अपारदर्शी का काम करते हुए भी पारदर्शी। पारदर्शी कहने का आशय यह कि इसकी प्रतिबद्धता चयनधर्मी नहीं है, प्रतिबद्धता प्रायः कुछ चीजों को छुपा ले जाती है। दुनिया भर पर रोशनी डालती है, फटकारती है लेकिन खुद को कभी प्रकाश-वृत्त में नहीं लाती, स्वपरीक्षण नहीं करती। सूरजपाल चौहान के लिए प्रतिबद्धता सहूलियत भरा मामला नहीं है। वह जितना 'औरों' के प्रति निर्मम है उतना अपने और 'अपनों' के प्रति कठोर। 'अन्तर', 'एकता का ढोल' और 'धोखा' जैसी लघुकथाएँ यही साबित करती हैं। लेखकीय निष्पक्षता, आमूलपरिवर्तन की ईमानदार कामना का प्रमाण हैं ये लघुकथाएँ।

सूरजपाल चौहान नये कथा-प्लाटों की खोज में न तो किसी कल्पनालोक में विचरण करते हैं, न ही चमत्कारिक घटनाओं की सृष्टि करते हैं। वे सीधे जीवन से, जीवन के आस-पास घट रही घटनाओं से कथ्य ग्रहण करते हैं। पाठकों के लिए ये कथ्य अनजाने, अनचीन्हें नहीं होते। लेकिन, सूरजपाल का प्रस्तुतीकरण इतना कुशल और संवेदनशील होता है कि चिर-परिचित बातें, नया अर्थ ग्रहण कर लेती हैं, गहरा असर छोड़ जाती हैं। सूरजपाल चौहान

'परम्परा' के प्रति तीखा आलोचनात्मक रवैया तो अपनाते ही हैं। वे 'आधुनिकता' को भी नहीं बख्शते। जहाँ भी उन्हें समताविरोधी, मानवविरोधी बातें दिखाई पड़ती हैं वे उन्हें रेखांकित करते हैं और अपनी लेखनी से उस पर भरपूर प्रहार करते हैं।

सूरजपाल चौहान की रचनाएँ दलित समुदाय में आत्मविश्वास भरने का काम करती हैं। दलित अपने पर थोपी हीनता को समझें, कमतर मानने की ग्रन्थि से मुक्त हों और आत्मसम्मान से खड़े हों—उनका रचना-कर्म इसी मकसद से आगे बढ़ रहा है। प्रस्तुत संग्रह की लघुकथा 'सच कहने वाला शूद्र है' पढ़ने से उस आत्मविश्वास की पुख्ता नींव का अहसास होता है, जिस पर खड़े होकर इस लघुकथा का मुख्य पात्र पण्डित से सवाल-दर-सवाल करता है, और ब्राह्मण धर्म की असलियत को सामने लाता है। 'सत्तो बुआ' की सत्तो इसी तरह हिम्मत से भरी हुई स्त्री है। गाँव का रहने वाला लक्खू जब गाँव के ठाकुर सरपत से दब जाता है और पिटने लगता है तो बुआ उठ खड़ी होती है और ठाकुर की शैली में ही जवाब देती व पिटाई करती है। लक्खू गाँव का है और सत्तो बुआ शहर की। क्या सत्तो बुआ की हिम्मत का स्रोत शहर है? अम्बेडकरवादी रचनाकार सूरजपाल चौहान शायद यही कहना चाहते हैं।

सवर्ण समुदाय की मानसिकता को सूरजपाल चौहान बार-बार बेनकाब करते हैं। 'आविष्कार' का गिरधर चपरासी हो या 'असभ्य' का अनुपम और संजय। ये पात्र दलित चेतना की जागृति के प्रमाण हैं। अपनी सजगता, तर्कशीलता, आत्मसम्मान और प्रतिबद्धता से ये सवर्ण सत्ता के वर्चस्व अभियान को प्रश्नों से बींधते हैं और उसे सार्वजनिक बहस के दायरे में ले आते हैं। सवर्ण सत्ता अपनी सर्वोपरिता बनाये रखने के लिए नित नये उपायों की तलाश में लगी है। उग्र धार्मिकता का पुनरागमन इसी उपक्रम की एक कड़ी है। ब्राह्मण केन्द्रित धर्मसत्ता द्वारा आम जनता के सघन विमूढ़ीकरण पर सूरजपाल चौहान की निगाह है। 'चिन्ता' और 'सच कहने वाला शूद्र है' जैसी लघुकथाओं में वे वर्चस्ववादियों की तन्त्र-लीला पर रोशनी

डालते हैं। दलितों को उनके बुनियादी हक न मिलें, उनका अपमान करने वाली समाज-संरचना कायम रहे, शासन-प्रशासन तक उनकी पहुँच न हो सके—ऐसी कोशिशें नये सिरे से शुरू की गयी हैं। सूरजपाल चौहान की रचनाओं में इन कोशिशों की तरफ, उन्हें सफल बनाने वाली दुरभि सन्धियों की तरफ बार-बार ध्यान दिलाया जाता है। समतामूलक समाज के सच्चे पैरोकार के रूप में वे अपनी प्रशंसनीय भूमिका निभा रहे हैं। वे 'सभ्यता' की नयी परिभाषा के निर्माण के प्रयत्न में लगे हुए हैं। उनका सर्जनात्मक आक्रोश शब्दबद्ध होकर विभिन्न विधाओं के रूप में हमारे सामने आ रहा है। उनकी रचनाएँ दलित साहित्य के लिए मूल्यवान हैं ही, साहित्य मात्र के लिए अनमोल उपलब्धियाँ हैं। हम इन्हें पढ़ें, इन पर बहस करें और इनसे यथासम्भव लाभ उठाएँ।

—डॉ. बजरंग बिहारी तिवारी

204, दूसरी मंजिल,
T-134/1, बेगमपुर, मालवीय नगर,
नयी दिल्ली-110017

चिरन्तन प्रश्न : सामयिक उत्तर

सदा की भाँति इस बार भी मैं असमंजस की स्थिति में हूँ। अपने इस कहानी संग्रह के बारे में क्या कहूँ—आदरणीय एवं प्रिय पाठको, कहानी संग्रह आपके सम्मुख है। आप पढ़कर हमेशा की तरह मेरा मार्गदर्शन करें। इससे पहले 'हैरी कब आएगा' और 'नया ब्राह्मण' प्रकाशित हुए हैं। आप सभी ने मेरी रचनाओं के प्रति आत्मीयता व्यक्त की है।

एक बात भाषा के स्तर पर अवश्य कहना चाहूँगा कि दलित साहित्य ने अभिजात संस्कारों को तोड़ने का काम किया है। वर्चस्ववादी भाषा की जगह समतावादी भाषा अपनाई है। किताबी, कृत्रिम और गढ़ी हुई भाषा की जगह रोजमर्रा की जिन्दादिल भाषा का प्रयोग दलित साहित्य का उज्ज्वल पक्ष है। दलित साहित्य ने भारतीय साहित्य को अपने ढंग से समृद्ध किया है। फिर भटक गया न भाषणबाजी के चक्कर में। मैंने कहा था कि मैं कुछ नहीं कहूँगा, लेकिन चुप्पी साधकर रह जाना भी तो उचित नहीं। इसलिए गुजरात विश्वविद्यालय के श्री डी. एम. वणकर द्वारा हाल ही में लिया गया साक्षात्कार यहाँ प्रस्तुत है :–

गैर दलित साहित्य और दलित साहित्य में मूलभूत अन्तर क्या है?

–दलित साहित्य मानवता का साहित्य है। यह सभी के कल्याण की बात करता है। गैर दलित साहित्य दलितों के अपमान

और हीनताबोध से भरा पड़ा है। दलित चेतना की सार्थक अभिव्यक्ति दलित साहित्य में ही देखी जा सकती है। दलित साहित्य मूलतः सामाजिक आन्दोलन से जुड़ा है। सामाजिक परिवर्तन लाना और अन्याय को समाप्त करना इसका उद्देश्य है। सीधे-सीधे शब्दों में कहा जाए तो यही कहूँगा कि गैर दलित साहित्य, दलित साहित्य के सम्मुख अब बासी हो चुका है।

दलित साहित्य का भविष्य क्या है?

—उज्ज्वल है। भाषा के स्तर पर दलित साहित्य ने अभिजात संस्कारों को तोड़ने का कार्य किया है। वर्चस्ववादी भाषा की जगह समतावादी भाषा का प्रवेश हुआ है। रोजमर्रा की जिन्दादिल भाषा का प्रयोग दलित साहित्य का उज्ज्वल पक्ष है। अब दलित साहित्य के दरिया को बहने से कोई नहीं रोक सकता। कहानी, कविता, उपन्यास, आत्मकथा, नाटक, कथा संस्मरण तथा डायरी-अंश सभी विधाओं में दलित साहित्य आ रहा है।

दलित साहित्य का भारतीय समाज पर क्या प्रभाव पड़ रहा है?

—सच कहा जाए तो दलित साहित्य एक जलते हुए दीपक के समान है, जिसकी रोशनी में राह से भटका हुआ पाठक सोच समझकर अपने गन्तव्य की ओर चलता है। दलित साहित्य में वर्ण-व्यवस्था के विद्रोह, आक्रोश, दलित व्यथा, भोगे हुए यथार्थ, सामन्ती आतंक और अत्याचार का विरोध मुखर है। मैं एक बात की ओर आपका ध्यान दिलाना चाहूँगा कि सन् 1998 से पहले जितने साम्प्रदायिक दंगे होते थे, उनमें एकदम से कमी आयी है। इसका एकमात्र कारण रहा है जनता में जागृति का आना और यह जागृति आयी है दलित साहित्य से। दलित साहित्य दोहरे व तीसरे शोषण की जानकारी देता है। यह आत्म सम्मान, भाईचारे एवं बराबरी की बात करता है।

क्या दलित साहित्य केवल उपेक्षा, अपमान और पीड़ा की अभिव्यक्ति मात्र है या इसके समाजोपयोगी अन्य निहितार्थ

भी हैं?

—आपके इस सवाल का उत्तर मैं पहले ही विस्तार से दे चुका हूँ।

क्या आजकल दलित साहित्य और गैर दलित साहित्य के तुलनात्मक अध्ययन की आवश्यकता है? हाँ तो किन-किन बिन्दुओं पर?

—हाँ, क्यों नहीं, आप तुलनात्मक अध्ययन करें तो स्वतः ही जान जाएँगे कि दलित साहित्य और गैर दलित साहित्य में हरेक बिन्दु पर कितना भारी अन्तर है। दलित वर्ग के साहित्यकारों ने कलम उठाकर अपने वर्ग की यातनाओं और संवेदनाओं पर लिखना शुरू कर दिया है। अन्तर्वस्तु के अन्तर्गत दलित साहित्य ने क्रांतिकारी परिवर्तन किए हैं। यह पहली बार दलित साहित्य ने ही किया है कि उसने सौन्दर्यशास्त्रीय कसौटियाँ ही बदल दीं। अब सौन्दर्यशास्त्र की जगह समाजशास्त्र प्रमुख हो गया है। दलित साहित्य को समझने के लिए समाजशास्त्र की भूमिका बढ़ गयी है। दलित साहित्य भारतीय साहित्य में नयी और विशिष्ट धारा है। इस धारा ने भारतीय साहित्य को फिर से समृद्ध किया है। इसका स्वरूप अखिल भारतीय है। दलित साहित्य ने भारतीय साहित्य को नये अनुभव, नये शब्द, नये नायक, नयी दृष्टि और वेदना विद्रोह का रसायन दिया है। दलित साहित्य के कारण भारतीय साहित्य की समीक्षा का क्षितिज विस्तृत हुआ है। सामाजिक, आर्थिक, धार्मिक, साहित्यिक और राजनैतिक सभी बिन्दुओं पर तुलनात्मक अध्ययन की आज अत्यन्त आवश्यकता है।

दलित लेखन से गिरि कंदराओं एवं उपत्यकाओं में रहने वाले दलितों एवं नारियों को लाभ है या नहीं?

—दलित साहित्य सम्पूर्ण मानव कल्याण के लिए है। गैर दलित साहित्य में अनेक साहित्यकारों ने गिरि कंदराओं एवं उपत्यकाओं में रहने वालों पर लेखन किया है और दुर्दशा का ही चित्रण है। संघर्ष व चेतना के स्वर गैर दलित लेखन में सुनाई ही नहीं पड़ते। गैर

दलित लेखकों ने हमेशा से अपनी लेखनी उनकी छवि और उनके पात्रों का चरित्र बिगाड़ने के लिए ही चलाई है। सैकड़ों वर्षों के बाद अब मूक क्रंदन को दलित साहित्य के माध्यम से वाणी मिल रही है।

अभी आदिवासी साहित्यकार दलित साहित्य से अपने को अलग मान रहे हैं, इस सम्बन्ध में आपके विचार?

—इस देश में आदिवासी समाज पर भी अत्याचार हुए हैं और आज भी हो रहे हैं। डॉ. बाबा साहेब अम्बेडकर ने भारत के दलित आदिवासी व समाज के दूसरे निम्न वर्ग के लोगों को एक सूत्र में पिरोने का महत्वपूर्ण कार्य किया है। लेकिन यह चिंताजनक ही है कि आदिवासी समाज आज तक अपने को दलितों से अलग ही मानता रहा है। यह अलग बात है कि आरक्षण के तहत सरकारी नौकरी पाने तक ही यह समाज दलित समाज के साथ खड़ा दिखाई देता है, अन्यथा सच्चाई तो यही है कि आदिवासी समाज आज भी हिन्दू धर्म व उनके देवी-देवताओं को ढोने में अपनी शान समझता रहा है और दलितों से गैर दलितों की तरह ऊँच-नीच की भावना पाले हुए है। इसका एकमात्र कारण है अशिक्षा और इस समाज का हिन्दू धर्म व उस व्यवस्था से चिपके रहना।

बीसवीं शताब्दी में बाबा साहेब डॉ. भीमराव अम्बेडकर, जो दलित यातनाओं के भुक्त भोगी थे, उन्होंने महामानव गौतम बुद्ध के सिद्धान्तों को आधार मानकर पूरी गम्भीरता से दलित दुखों के कारणों का पता लगाकर राष्ट्रीय ही नहीं अन्तरराष्ट्रीय स्तर पर इन्हें उजागर कर दिखाया। डॉ. बाबा साहेब का निष्कर्ष था—'हिन्दू धर्म और उसके धर्म ग्रंथ ही दलित दुर्दशा के लिए उत्तरदायी हैं, और जब तक दलित उनमें आस्था रखते हैं, जीवित रहते मुक्ति नहीं?' बस, ऐसा ही हाल आज आदिवासी समाज के लोगों का है। यह समाज आज भी अपने को दलित समाज से अलग व श्रेष्ठ माने बैठा है। अनपढ़ों की बात दूर, पढ़े-लिखे बड़े-बड़े अधिकारियों के घर आँगन में दीवारों पर हिन्दू देवी-देवताओं के चित्र झूलते नजर आएँगे। बाबा साहेब

डॉ. अम्बेडकर के चित्र अपने घर में लगाते हुए इस समाज के लोगों को शर्म आती है। इनके धार्मिक और सामाजिक कार्य पूरी तरह से हिन्दूवादी हैं, लेकिन हताश व निराश होने की जरूरत नहीं है। आदिवासी समाज से भी साहित्यकार निकल कर बाहर आ रहे हैं और बड़ी तेजी से लेखन के क्षेत्र में नाम भी कमा रहे हैं। धीरे-धीरे इस समाज के लोगों में जागृति आ रही है। इस समाज के लोगों में अक्षर ज्ञान तो तेजी से फैला है, लेकिन शिक्षा का अभाव अब भी है। शिक्षा से विवेक जागता है। जिस दिन आदिवासी समाज में विवेक जाग गया उस दिन तस्वीर का रुख ही बदल जाएगा।

साहित्य के साथ दलित विशेषण को लेकर कुछ लोग सवाल उठाते हैं कि साहित्य कभी दलित नहीं होता। इस संदर्भ में आपका मंतव्य क्या है?

—ऐसे सवाल मराठी के दलित साहित्य को लेकर भी उठाये गये थे। वहाँ के साहित्यकारों (गैर दलित) ने भी बड़ी हाय-तौबा मचाई थी। लेकिन आज आप देख ही रहे हैं कि मराठी का दलित साहित्य कितनी ऊँचाई पर पहुँच गया है। अब मराठी दलित साहित्य का विरोध करने वालों की बोलती बन्द हो गयी है। जब इस देश में ललित साहित्य, संस्कृत साहित्य या सीधे-सीधे कहें हिन्दूवादी साहित्य हो सकता है तो दलित साहित्य क्यों नहीं हो सकता। इतने दिनों से गैर दलित लेखक ही तो लिखते आये हैं दलितों पर। लेकिन आज तक किसी गैर दलित लेखक ने कोई ऐसी कहानी, कविता या उपन्यास नहीं लिखा जिसे दलितों ने सहर्ष स्वीकार किया हो या अपना माना हो। अब दलितों ने अपने दुःख-दर्द स्वयं लिखने शुरू कर दिये तो बस मच गया बवाल, हम क्यों नहीं लिख सकते दलित साहित्य। क्या दलितों पर लिखने के लिए दलित होना जरूरी है। इस तरह की बे-सिर पैर की बातें गैर दलित लेखक करते रहे हैं। इन्हें दलित लेखन में कभी कच्चापन तो कभी नंगापन नजर आता है। इन्हें तो दलित साहित्यकारों द्वारा लिखित जीवन की वास्तविकता से घिन आती है।

दलितों में आपस में जाति भेद मौजूद है, तब बाहरी जाति भेद के खिलाफ लिखने का क्या औचित्य है?

—यह ठीक है कि दलितों में भी जाति भेद हैं, लेकिन यह जाति भेद आया कहाँ से। यह भेद हिन्दुओं की व्यवस्था से ही तो आया है। व्यवस्था की इस गाँठ को अब दलित लेखक सुलझाने में लगे हैं। दलितों में जाति भेद की बात कहकर ये गैर दलित दलित आन्दोलन को भटकाने का प्रयास करते रहते हैं। इन बातों पर दलित लेखकों को अधिक ध्यान देने की जरूरत नहीं है। आज सभी दलित लेखक अपने-अपने लेखन के कार्य में पूरे मनोयोग से लगे हैं। धीरे-धीरे दलितों में जाति भेद की समस्या से छुटकारा मिल रहा है और अब आपस में रोटी और बेटी का सम्बन्ध स्थापित हो रहा है। हमें अब यह मानकर चलना होगा कि सभी दलित एक ही पुरखे की औलाद हैं। हमें गैर दलितों की बेकार की साजिशों से बचना होगा।

दलित वर्ग में दलित ब्राह्मण नामक एक नया वर्ग पनप रहा है, अथवा पढ़े-लिखे दलितों का एक हिस्सा ब्राह्मणवादी व्यवस्था का शिकार है। क्या उनकी मुक्ति का कोई उपाय है। हाँ, तो कौन से उपाय?

—इसका एकमात्र और कारगर उपाय बौद्ध दर्शन और बाबा साहेब डॉ. अम्बेडकर की विचारधारा ही है। जब तक दलित समाज के लोग हिन्दू धर्म में विश्वास बनाये रखेंगे यह समस्या बनी रहेगी। ऐसे लोग न घर के रहते हैं न घाट के। ये बिना बात के दूसरों का धर्म ढोने में लगे रहते हैं ये साईं बाबाओं, मुरारी बापुओं, योगियों व हिन्दू देवी-देवताओं को ढोने में ही सारी उम्र व्यतीत कर देते हैं। इनमें आत्म-सम्मान की कमी है। लेकिन निराश होने की जरूरत नहीं है। अब ऐसे लोगों में चेतना आ रही है। धीरे-धीरे ये लोग भी जाग रहे हैं और इनमें आत्म-सम्मान भी जाग रहा है। इनमें दलित साहित्य के माध्यम से जागरूकता आ रही है।

क्या दलितों को धर्म परिवर्तन की आवश्यकता है यदि हाँ तो आप किस धर्म को अपनाना उचित मानते हैं और क्यों?

—इस देश के दलित शुरू से ही बौद्ध हैं। हिन्दू तो कतई नहीं हैं। हिन्दुओं के रीति-रिवाज से हमारे रीति-रिवाज मेल नहीं खाते। हमारे देवी-देवता हिन्दू देवी-देवताओं से भिन्न हैं। हमारी पूजा पद्धति भी अलग है। बौद्ध धर्म मानवतावादी धर्म है। यह धर्म सबके कल्याण की बात करता है और वैज्ञानिक कसौटी पर भी खरा है। इसीलिए तो बाबा साहेब ने यही धर्म चुना था। मैंने कहा है कि इस देश के दलित जन्म से ही बौद्ध हैं। बौद्ध दर्शन एवं डॉ. बाबा साहेब की शिक्षाओं से ही दलित समाज का भला हो सकेगा।

क्या धर्म परिवर्तन से दलितों का उद्धार हो जाएगा। हाँ, तो कैसे और नहीं तो धर्म परिवर्तन का क्या तर्क है?

—धर्म परिवर्तन से दलितों का उद्धार होने वाला नहीं है। दलितों को पढ़-लिखकर अपना विवेक जगाना होगा। आत्म सम्मान पहचानना होगा। उन्हें सम्मान के साथ रोटी चाहिए। देश के दलितों को जो भी सम्मान मिला है वह बौद्ध धम्म अपना कर ही मिला है। लेकिन इसके साथ-साथ दलितों को अपने पुश्तैनी धन्धों को छोड़कर नये कार्य अपनाने होंगे। उन्हें नौकरी के साथ-साथ उद्योग धन्धों, व्यापार व शिक्षण के क्षेत्र में भी आना होगा। यदि धर्म परिवर्तन कर भी लिया और अपने उन्हीं पुश्तैनी कार्यों में लगे रहे तो धर्म परिवर्तन का कोई फायदा नहीं होगा। दलितों को अपने रूढ़िवादी विचारों व कुप्रथाओं को त्यागना अति आवश्यक है अन्यथा धर्म परिवर्तन का कोई तर्क कोई औचित्य नहीं रहेगा। इस समय मुझे अपनी एक कविता की कुछ पंक्तियाँ याद हो आयी हैं :—

नकली बौद्धों की भी सुन लो
कथनी-करनी में अन्तर
बात करें ये बौद्ध धम्म की
घर में पढ़ें वेद मन्तर
बाबा की तस्वीर लगाते इनकी नानी मरती है
यह दलितों की बस्ती है।

आरक्षण प्राप्त राजनेता और अधिकारी भी दलितों का ही

शोषण करते हैं। इसके बारे में आपकी क्या राय है?

—आरक्षण प्राप्त राजनेता और अधिकारी भी दलितों का शौषण करते हैं। इसका एकमात्र कारण है इस देश की व्यवस्था। दलित लेखक इस व्यवस्था परिवर्तन की ही तो बात करते हैं। यह हिन्दूवादी व्यवस्था देखने में जितनी सुन्दर और अच्छी दिखाई देती है, अन्दर से उतनी ही खोखली है। आरक्षण प्राप्त राज़नेता और अधिकारी भी इस व्यवस्था में फँसकर रह गये हैं। इसीलिए वे भी ऐसा ही करते हैं जैसाकि गैर-दलित राजनेता करता है।

दलितों के अन्तर्विरोधों को कैसे दूर किया जा सकता है?

—दलितों के अन्तर्विरोधों को बैठकर व उन पर आपस में चर्चा करके दूर किया जा सकता है। दरअसल दलित समाज के पढ़े-लिखे व बुद्धिजीवियों को इन पर पहल करनी होगी। कम से कम पढ़े-लिखे दलित तो आपस में रोटी-बेटी का सम्बन्ध स्थापित करना शुरू कर दें। जब आपस में रोटी बेटी का सम्बन्ध स्थापित हो जाएगा तो बहुत सी समस्याएँ स्वतः ही सुलझ जाएँगी। गाल बजाने का काम बहुत हो चुका। अब समस्याओं को सुलझाने का समय आ गया है। यदि यह काम शीघ्र ही शुरू नहीं किया गया तो आने वाली पीढ़ियाँ हमें कभी माफ नहीं करेंगी।

निजीकरण से दलितों को कोई लाभ मिलेगा या नहीं?

—निजीकरण से दलितों को कोई लाभ नहीं मिलने वाला। सरकारी नौकरियों में आरक्षण के कारण ही हम जैसे लोग यहाँ तक पहुँच सके हैं। अब सरकारी नौकरियाँ भी नाम मात्र की रह गयी हैं। दलितों को पढ़-लिखकर दूसरे क्षेत्रों में आना होगा। तभी वह जीवन-संग्राम में अपनी जगह बना पाएँगे।

'वसुधैव कुटुंबकम्' की बात करने वाले और गैर दलित साहित्यकारों के समाज और धर्म में इतनी विसंगतियाँ और अंतर्विरोध क्यों है?

—इस तरह की बातें करने वाले बहुरूपिये हैं। अपने ही देश में रहने वाले दलित समाज से जब ये इतनी छुआछूत, ऊँच-नीच व

गैर बराबरी की नीयत रखे हुए हैं तो 'वसुधैव कुटुंबकम्' की बात बेमानी है। इनकी कथनी और करनी में बड़ा भारी अन्तर है। इनके द्वारा बनाई व्यवस्था बाहर से देखने में जितनी सुन्दर और अच्छी दिखाई देती है, अन्दर से उतनी ही खोखली और सड़ाँध मारती है :–

बाहर से कुछ और तू, भीतर से कुछ और।
तेरा पूरा गाँव है, मैं घूरे की ठौर।।

इनका समाज और धर्म सभ्यता के जंग खाये खम्भों पर टिका है जो अब कभी भी भरभरा कर गिर सकता है। यह कब तक पराजित इतिहास व गप्पी साहित्य का गुणगान करते रहेंगे।

– दलितों की दयनीयता के लिए कौन जिम्मेदार है। सरकार, सवर्ण समाज या खुद दलित कैसे?

—सवर्ण समाज और उसके द्वारा बनाई व्यवस्था ही दलितों की दयनीयता के लिए पूरी तरह से जिम्मेदार है। दुनिया में ऐसी कोई क्रूर व्यवस्था नहीं है जिसमें एक व्यक्ति द्वारा त्यागे मल-मूत्र को दूसरा व्यक्ति अपने सिर पर रखकर ढोता हो। इस व्यवस्था ने दलितों में हीनता बोध भर दिया है। मुझे अपनी एक कविता की कुछ पंक्तियाँ फिर याद हो आयी हैं :–

ब्याह बरात का काम कराते
देकर जूठन बहकाते
जब मरता है कोई जानवर
दे देकर गाली उठवाते
दिन रात गुलामी कर करके
थक गये बिबाई फटे पाँव
मेरा गाँव कैसा गाँव
न कहीं ठौर, न कहीं ठाँव।

आप एक जाने माने साहित्यकार हैं। 'मेरा भारत महान है' इस सूत्र से आपका क्या अभिप्राय है?

—मेरा भारत महान है, वाकई यह देश महान है। हमारा देश भारत प्रकृति का लाड़ला बेटा है। यह देश प्राकृतिक संसाधनों से

परिपूर्ण है। मेरा भारत महान की पहचान पूरे विश्व में महा मानव गौतम बुद्ध से है। इस देश के गैर दलित विश्व गुरु होने का ढिंढोरा जो पीटते हैं, वह गौतम बुद्ध की वजह से पीटते हैं। यह देश सोने की चिड़िया सम्राट अशोक महान के काल में कहलाता था। आप स्वयं देखें कि बौद्ध धम्म विश्व के कितने देशों का धर्म है। विश्व में जितनी अधिक मूर्तियाँ गौतम बुद्ध की बिकती हैं शायद ही किसी हिन्दू देवी-देवता की बिकती हों। मैं अभी कुछ ही दिन पहले नेपाल से लौटा हूँ। कहने को तो वह विश्व का एकमात्र हिन्दू देश है लेकिन वहाँ बौद्ध दर्शनीय स्थलों की भरमार है। वहाँ के मार्गों और चौराहों पर महामानव की मूर्तियाँ स्थापित हैं।

आपको ज्ञात ही होगा कि बहुजन हिताय, बहुजन सुखाय का सूत्र भी बौद्ध धम्म से ही ग्रहण किया हुआ है। यदि वर्ण व्यवस्था का विनाश हो जाए तो यह सूत्र सच साबित हो सकता है।

कुछ राजनेता बार-बार बोलते हैं कि गर्व से कहो हम हिन्दू हैं। यहाँ किस गर्व की बात है?

—अब यह बात तो इस देश के हिन्दुओं को ही ज्ञात होनी चाहिए कि वे कौन से गर्व की बात कर रहे हैं। यह बात उन्हीं से पूछें तो अधिक उचित रहेगा। हाँ, उनसे यह अवश्य पूछना कि यह हिन्दू शब्द कहाँ से आया और इसे किसने दिया अर्थात सबसे पहले इसे किसने पुकारा और इसका अर्थ क्या है। इस हिन्दू शब्द का अर्थ जान कर ही वे इस पर गर्व करने जैसी बात कहें तो ज्यादा अच्छा रहेगा।

सवर्ण नेताओं ने मिलकर सरपंच से सांसद तक को कठपुतली बना लिया है। इस सम्बन्ध में आपके क्या विचार हैं?

—मैं इसके लिए भी हिन्दुओं (सवर्णों) द्वारा बनाई व्यवस्था को ही जिम्मेदार मानता हूँ। इनके द्वारा बनाई सामाजिक, आर्थिक, धार्मिक, साहित्यिक सभी व्यवस्थाओं में अ-व्यवस्था फैली हुई है। राजनैतिक व्यवस्था का तो इन सवर्णों ने कचूमर ही निकाल कर रख दिया है। जितने भी बड़े-बड़े घोटाले इस देश में हुए हैं, उनमें सवर्ण

ही लिप्त पाये गये हैं। यहाँ तक कि देश के हित में गुप्त सूचनाएँ विदेशियों को बेचने वाले सभी सवर्ण समाज के लोग हैं, किसी एक भी दलित का नाम तो आप बताएँ। जब तक व्यवस्था परिवर्तन नहीं होगा, यह सब ऐसे ही चलता रहेगा।

x x x

अन्त में, प्रख्यात आलोचक डॉ. बजरंग बिहारी तिवारी का आभार व्यक्त करता हूँ जिन्होंने मेरे अनुरोध को स्वीकार करते हुए इस संग्रह की भूमिका लिखी और कई महत्त्वपूर्ण सुझाव भी दिए। इस कहानी संग्रह की पाण्डुलिपि तैयार कराने में मैं अपने सहकर्मी चर्चित कवि किशोर कुमार कौशल और साहित्य प्रेमी कु. स्वराज वरुण के महत्त्वपूर्ण सहयोग को कैसे भूल सकता हूँ, साथ ही मैं वाणी प्रकाशन के अरुण माहेश्वरी का भी आभार व्यक्त करना चाहूँगा जिनकी वजह से यह संग्रह आप सभी सुधी पाठकों के हाथों में आया है।

—सूरजपाल चौहान

डी-20, एसटीसी कालोनी
महरौली रोड,
नई दिल्ली—110017
मोबाइल नं.—9968094606

अनुक्रम

वह आदमी

"राम नाम सत्त है, सत्त बोलो गत्त है...।"

भीड़ अर्थी के साथ श्मशान-घाट की ओर बढ़ी जा रही थी। भीड़ में से बारी-बारी से सभी अर्थी को कन्धा देने में लगे हुए थे।

मृतक के सबसे छोटे बेटे कान्ति ने एक हाथ में दो किलो घी और हवन-सामग्री से भरा प्लास्टिक का थैला उठा रखा था। अर्थी के पीछे चल रही भीड़ में से एक व्यक्ति माथे पर आये पसीने को अपने कन्धे पर पड़े अँगोछे से पोंछते हुए कान्ति से बोला–

"बाबूजी, आप थैला उठाए इतनी दूर से चले आ रहे हो, थक गये होंगे..., लाइए, थैले को मैं उठाए लेता हूँ।"

कान्ति ने उस व्यक्ति की सहानुभूति पाकर थैला उसे पकड़ा दिया और मृतक की अर्थी को कन्धा देने जा पहुँचा।

कुछ ही देर में सभी मृत-देह को लेकर श्मशान-घाट आ पहुँचे। मृत-देह को आते देख श्मशान-घाट के पुजारी ने चिता भी तैयार कर दी थी। मन्त्रोच्चार के बाद मृत-देह को चिता पर लिटाया गया। पुजारी द्वारा हवन-साम्रगी और घी की माँग करने पर अब उस व्यक्ति की खोज की जाने लगी जिसे कान्ति ने थैला थमाया था। लेकिन वह व्यक्ति तो पहले से ही बीच रास्ते से खिसक चुका था।

मैं हूँ ना

उन दिनों मेरे पति का तबादला दिल्ली से जयपुर हुआ था। मैं दो छोटे-छोटे बच्चों के साथ दिल्ली में अकेली रह रही थी। दोनों बच्चों को 'क्रेच' में छोड़कर मैं अपने ऑफिस चली आती और सायंकाल दोनों को 'क्रेच' से लेकर घर आ जाती। समय ऐसे ही गुजरता जा रहा था।

विवाह के पहले मायके में भरे-पूरे परिवार के साथ समय गुजरा था। एकान्त में रहने की आदत ही नहीं थी, सो अब पति के दूर चले जाने पर मैं उदास रहने लगी थी। सच, अकेलापन कितना दुखदायी होता है। कई बार तो एकान्त के गहरे अतल में इतना डूब जाती कि मुझे बच्चों का भी ध्यान न रहता।

ऑफिस की महिला साथियों का उन दिनों भरपूर सहयोग मिला था। वे समय-समय पर मेरी हिम्मत बँधाती रहती थीं। हाँ, कुछ पुरुष सहकर्मी हमेशा अवसर की तलाश में रहते और मौका मिलते ही 'इमोशनल ब्लैकमेल' करने से नहीं चूकते थे। इन पुरुष सहकर्मियों में से कइयों ने नकली सहानुभूति प्रकट करते हुए कहा था—

"मैडम, आप अपने आप को अकेला मत समझना, कोई काम हो तो बेझिझक कहें..., मैं दौड़ा-दौड़ा आधी रात में भी चला आऊँगा।"

एक-दो ने तो ऐसी बातें कई दिनों तक तो क्या कई महीनों तक कहना जारी रखा। उन्हें कई बार ऐसा लगा कि बस, अब मैं

'इमोशनल ब्लैकमेल' होकर उनके कन्धों पर अपना सिर रखकर फूट-फूट कर रोती हुई आलिंगनबद्ध हो जाऊँगी। लेकिन मैंने होशियारी दिखाते हुए उन्हें तनिक भी उनके मिशन में कामयाब नहीं होने दिया।

एक रोज तो बी.सी. आंर्य नामक पुरुष सहकर्मी ने हद ही कर दी। सायंकाल ऑफिस से छुट्टी करते समय वह मेरे समीप आकर दबे शब्दों में बोला था–

"मैडम, स्कूटर से मैं घर तक छोड़ दूँ।"

"नहीं, मेरी चार्टर्डबस है, मैं अपने आप चली जाऊँगी।" मैंने अदब के साथ उससे कहा था।

चार्टर्ड बस पकड़कर मैं घर आ गयी थी। करीब आधे घण्टे बाद द्वार पर दस्तक हुई। मैंने घर का द्वार खोला। बी.सी. आर्य सामने खड़े मन्द-मन्द मुस्करा रहे थे। मैं उन्हें देखकर अकबका कर रह गयी थी। मुझसे कुछ बोलते नहीं बन रहा था। शब्द जैसे मेरे हलक में अटक गये हों। मैं कुछ कहती उससे पहले वह बोला–

"मैडम, आप इतने दिनों से अकेली हैं..., आपके मिस्टर तो महीने दो महीने में ही आते होंगे, मेरे लायक कोई काम हो तो निःसंकोच कहें।" उसने गला खँखारते हुए फिर कहा–

"अपना समझकर आपके घर तक चला आया हूँ।" वह बात करते हुए लगातार मुस्कराए जा रहा था।

इतनी देर में मैं सचेत होकर सँभल चुकी थी। उसकी बातें सुनकर मेरे तन-बदन में आग लग गयी थी। माथा भन्ना गया था मेरा और खून उतर आया था मेरी आँखों में। मैंने लाल-लाल आँखों से घूरते हुए उससे कहा था–

"मैं तुझे अभी काम बताती हूँ..., जरा ठहर तो सही हरामी।" मेरे स्वर में तेजी थी।

मेरे रौद्र रूप को देखकर बी.सी. आर्य दबे पाँव वहाँ से चलता बना था। उसके चले जाने के बाद मैंने घर कर दरवाजा झटके के साथ जोर से बन्द किया और अपना सिर पकड़कर सोफे पर धम्म

से जा बैठी। दोनों बच्चे सहम गये थे। मेरे उदास व दुःख से भरे चेहरे की रेखाओं को पढ़ते हुए दस वर्ष का बेटा विशाल बोला था–
"मम्मी, इतना डरती क्यों हो, मैं हूँ ना।"

आँखों से ढलक आये आँसुओं को आँचल से पोंछते हुए मैंने बेटे को गोद में भरकर सीने से लगा लिया था।

बेटी और बहू

"भाभी, तेरा मुँह तो हनुमान जैसा है।"

बीना की बात सुनकर घर में इकट्ठे सभी लोग ठहाका लगाकर हँसे थे। लक्ष्मी ने ननद की बात सुनकर अपने आपको संयत रखा। वह चाहती तो पलटकर बोल सकती थी, लेकिन घर में उपस्थित मेहमानों को देखकर उसने चुप रहने में ही भलाई समझी।

"बहू, तू बुरा मत मानना, हमारी बेटी को हँसी-ठट्ठा करने की आदत है।" बीना की माँ ने बीना के सिर पर लाड़ का हाथ फेरते हुए बहू से कहा था।

लक्ष्मी की शादी को अभी पन्द्रह-बीस दिन ही हुए थे। लक्ष्मी निखरे रंग-रूप की तो थी ही, साथ ही साथ उसका चेहरा तेज लिये हुए था। ससुराल में सभी उसके रूप-रंग और उसके गुणों की प्रशंसा करते नहीं थकते थे। दूसरी ओर उसकी ननद बीना, जैसे सूखी भिण्डी, उसके पिचके गाल, और आँखें अन्दर को धँसी हुई थीं। शरीर पर मांस के नाम पर बस काली चमड़ी चिपकी हुई थी। कोई उसे पहली बार देखे तो देखकर डर जाये। काया के नाम पर बस हड्डियों का कंकाल।

एक रोज अपनी बेटी बीना की काया के बारे में चर्चा करते हुए सासू माँ दाँत निपोरते हुए बहू लक्ष्मी से बोली थी—

"...आज से पाँच वर्ष पहले बीना को बुरी तरह से उल्टी-दस्त हो गयी थी..., मरते-मरते बची थी यह उस समय, तभी से यह पनप

नहीं पायी और कमजोर होकर रह गयी।"

चार-पाँच महीने बाद ही लक्ष्मी को अपनी 28 वर्ष की ननद बीना के बारे में सच्ची बात पता लग गयी थी। उसका शरीर दुबला-पतला क्यों है, और उसकी काया पनप क्यों नहीं पा रही है? सच में इसके पीछे की कहानी कुछ और ही है। यह कहानी बताई थी लक्ष्मी को बीना की एक बचपन की सहेली ने। लक्ष्मी ने उस समय बीना की सहेली की बातों पर ध्यान नहीं दिया। उल्टा उसने सहेली को डपटते हुए कहा था–"खबरदार, यदि ऐसी बात मुझसे फिर कही तो..., बीना मेरी ननद है..., मैं उसके विरुद्ध कोई बात सुनना नहीं चाहती।"

उस दिन घर में फिर से चहल-पहल थी। चहल-पहल का कारण था कि उस दिन बहू के पति रमेश का जन्म-दिन था। घर के दूसरे सदस्यों के साथ-साथ नाते-रिश्तेदार भी बैठे थे। बीना माँ-बाप व पूरे परिवार की सिर-चढ़ाई तो थी ही, मुँहफट भी थी। उसने किसी की भी परवाह न करते हुए भाभी से बेहूदगी दिखाते हुए कहा–

"अरे-ओ हनुमान जैसी सूरत की..., एक गिलास पानी तो ला मेरे लिए।"

बीना की बात सुनकर हमेशा की तरह सभी ठहाका लगाकर हँसे थे। बीना के माँ-बाप, भाई और बहन तो बहुत देर तक अपनी लाडली की बात सुनकर एक-दूसरे की ओर देख-देखकर हँसते रहे। उधर, दूसरी ओर लक्ष्मी झेंपकर रह गयी थी। उससे कुछ बोलते नहीं बन रहा था। मानो जैसे शब्द उसके हलक में अटक गये हों। बहू के चेहरे पर आते-जाते भावों को भाँपते हुए सासू माँ साड़ी के पल्लू को दाँतों से दबाते और अपनी हँसी पर काबू रखते हुए बोली–

"बहू, बीना की बातों का बुरा मत मानना, तू तो जानती ही है कि इसे हँसी-मजाक करने की आदत है।"

"भला, मैं बुरा क्यों मानूँगी..., दीदी तो बकरी की तरह मिमियाती ही रहती हैं।" बहू ने भी चुटकी लेते हुए कहा था।

पल-भर के लिए वहाँ सन्नाटा छा गया था। जैसे सबको साँप

सूँघ गया हो। तभी सासू ने भृकुटी तानते हुए बहू से तेज स्वर में कहा–

"अच्छा! हरामी की चौदी तुझे मेरी बेटी बकरी-सी दिखाई देती है..., मेरी सौत तुझे बोलने की तमीज नहीं है।" बहू कुछ बोले कि उससे पहले ही बीना लगभग चीखते हुए बोली–

"मम्मी, काहे को मुँह लगती हो इस बन्दरिया के, इसके माँ-बाप ने यही सब सिखाया है..., अरे यह नीच खानदान की है... ।" उसने अपनी बात आगे बढ़ाते हुए फिर कहा–

"...अभी तो घर में रिश्तेदार ठहरे हुए हैं, इनके घर से चले जाने के बाद मैं देखूँगी कि इसने मुझे बकरी किस मुँह से कहा है?" बीना अपनी मिचमिची आँखों से लक्ष्मी को घूरे जा रही थी।

"तेरी इतनी हिम्मत, बहन की लौड़ी..., हरामजादी, मेरी बहन को बकरी कहती है, ठहर अभी देखता हूँ मैं तुझे।" पति रमेश ने सिगरेट का धुआँ मुँह से उगलते और बहू के सिर के बाल पकड़े और फिर उसके मुँह पर सभी के सामने थप्पड़ जड़ते हुए कहा था।

ऊँचे लोगों के बीच

उस दिन रमन भारद्वाज के बेटे के जन्म-दिवस की पार्टी में बहुत भीड़ थी। मैं और महेन्द्र भीड़ से बचने के लिए अपना-अपना गिलास उठाए पण्डाल के एक कोने में रखे सोफा पर बैठे बतिया रहे थे। हम दोनों को सोडा पानी या नमकीन की जरूरत होती तो टहलते हुए जाते, पैग और नमकीन लाकर फिर आकर उसी सोफे पर बैठ जाते।

सहकर्मी होने के कारण रमन भारद्वाज कई दिनों से लगातार मेरे और महेन्द्र के पीछे पड़े हुए थे। उनका आग्रह था कि हम दोनों उनके बेटे के जन्म-दिन की पार्टी में जरूर आयें। वर्षों से एक ही ऑफिस में साथ-साथ काम करते हुए रमन भारद्वाज मेरे और महेन्द्र के बारे में सब कुछ जानते थे। खैर, उनके बार-बार के अनुरोध करने पर ही हम दोनों उनके यहाँ पार्टी में गये थे।

पण्डाल में सभी चार-चार व पाँच-पाँच का ग्रुप बनाकर अंगूर की बेटी का आनन्द उठाने में लगे हुए थे। नमकीन के साथ-साथ 'चिकन' और 'मटन' की भी व्यवस्था थी। भारद्वाज और श्रीमती भारद्वाज अपने घर आये मेहमानों की आवभगत में जुटे हुए थे। मैं और महेन्द्र भी पण्डाल के एक कोने में रखे सोफे पर बैठे रस-रंजन का आनन्द उठा रहे थे। रमन भारद्वाज की नजर अब हम दोनों पर पड़ी। वह मन्द-मन्द मुस्काते अपनी पत्नी के साथ आकर हमसे बोले थे–

"...यार, तुम दोनों हम सबसे दूर यहाँ बैठे हो, क्या तुम्हें हमारा साथ

अच्छा नहीं लगता, हम क्या सभी 'शड्यूल्ड-कास्ट' हैं जो तुम...।"

रमन भारद्वाज अपनी बात कहते हुए पत्नी के साथ आगे बढ़ गये थे। मैं और महेन्द्र उनकी बात सुनकर भौंचक होकर रह गये। पल भर के लिए हम दोनों ने एक-दूसरे की ओर देखा और फिर बिना भोजन किये ही वहाँ से चले आये थे। -

नीच जाति

“अरे ओ हरिया, मेरे यार हमारे लछमन कूँ भी पढ़ा दे कर...महीना पे सेर-दो सेर अनाज हम भी तोय दे देंगे,” ठाकुर भवानी सिंह ने खेत की मेड़ से गुजरते हुए हरिया से कहा था।

“दद्दा, तुम्हारो भरतू भी तो मेरे संग दसवीं में पढ़े हैं, चौथी क्लास के बालक कूँ तो वह भी पढ़ा सके” हरिया ने सहज-भाव से अपनी बात कही थी।

“वाकू टैम नायं..., स्कूल से आके वह मेरे संग काम पर लग जावे है, फिर वह तेरी तरह पढ़ाई में होशियार तो है नायं।” ठाकुर माथे पर आये पसीने को अँगोछे से पोंछते हुए बोला था।

गाँव के ठाकुर भवानी सिंह का भरत सिंह और हरिया फरीदाबाद के स्कूल में दसवीं कक्षा में साथ-साथ पढ़ते थे। ठाकुर का छोटा बेटा लक्ष्मण गाँव फतेहपुर की प्राथमिक पाठशाला में चौथी कक्षा में पढ़ता था। हरिया के परिवार की आर्थिक-स्थिति ठीक न थी, कारण, उसके परिवार के सदस्यों के पास खेती के लिए जमीन न थी। हरिया के पिता फरीदाबाद की एक कपड़ा फैक्ट्री में मजदूरी करते थे। इसीलिए वह अपनी पढ़ाई करते हुए गाँव के प्राथमिक कक्षाओं में पढ़ रहे बालकों को ट्यूशन पढ़ाया करता था।

“ठीक है दद्दा, पढ़ा दूँगो..., कल से भेज दियौ मेरे घर पे।” हरिया ने कहा था।

“भेज दियौ! बावरे का कह रहौ है तू, गाम के दूसरे बालकों के

संग पढ़ावेगौ मेरे लछमन कूँ..., हमारी बैठक में आके एकाध घण्टा पढ़ा जाया कर।" ठाकुर ने ट्रैक्टर स्टार्ट करते हुए कहा था।

अब हरिया ठाकुर के बेटे को पढ़ाने जाने लगा था। उसे वहाँ जाते कुछ ही दिन हुए थे कि एक रोज लछमन हरिया से बोला, "...तख़्त पर मत बैठाकर, मूढ़ा पर बैठकर मोय पढ़ाया कर।"

"क्यों, तख़्त पर क्यों न बैठूँ?" हरिया ने पूछा था।

"बड़े भइया तोय तख़्त पर बैठा देख नाराज हौवे हैं।" लक्ष्मण ने सीधे-सीधे कहा था।

"क्यों नाराज होते हैं?" हरिया ने जानना चाहा।

"भइया कहवे हैं कि लच्छू तख़्त पर हम सभी उठते-बैठते हैं, वा सारे (साले) चूहड़े की इतनी मजाल कि हमारे तख़्त पे पाँव फैलाकर बैठे, तोय पढ़ावे आवै तो का है..., है तो सारो नीच जाति कौ ही।"

धोखा

उस दिन मैं बंगलौर शहर के जया नगर में स्थित मित्र हरीप्रसाद के घर में उसके परिवार के साथ 'डायनिंग-टेबल' पर बैठा रात का भोजन कर रहा था कि तभी दरवाजे पर 'कॉल-बेल' बजी। मित्र हरीप्रसाद की पत्नी ने उठकर द्वार खोला था।

"भाभी जी नमस्ते, हरी घर पर है?" आगन्तुक ने पूछा था।

"हाँ-हाँ, घर पर ही हैं, आइए।" मित्र की पत्नी ने उन्हें 'ड्राइंग-रूम' में रखे सोफे पर बैठ जाने को कहा।

"यार, आवाज जानी-पहचानी व सुनी-सुनी सी लग रही है। कौन हैं?" मैंने पानी से भरा गिलास 'डायनिंग-टेबल' से उठाते हुए हरीप्रसाद से पूछा था।

"सुरेश बाली हैं..., आप नहीं जानते क्या?" हरीप्रसाद ने आश्चर्य व्यक्त करते हुए मुझसे कहा था।

"कौन सुरेश बाली, मैं 'री-कलैक्ट' नहीं कर पा रहा।" मैंने पूछा।

"अरे यार, वही जो मेलबोर्न के ऑफिस में शाखा-प्रबन्धक थे, वह अपने ही तो आदमी हैं।" हरीप्रसाद ने कहा था।

"अच्छा-अच्छा, यह वह बाली साहब हैं, इनके साथ तो मैंने मुख्य कार्यालय के 'रबड़ प्रभाग' में साथ-साथ काम किया है।" मैंने फिर अपनी बात आगे बढ़ाते हुए कहा था–

"लेकिन यह अपने समाज से तो नहीं हैं।"

"अपने ही हैं।" हरीप्रसाद ने पूरे विश्वास के साथ कहा तभी मुझे यकीन हुआ था।

"श्रीमती बाली भी साथ में हैं।" मित्र की पत्नी ने बताया था।

हरीप्रसाद की यह बात सुनकर मैं हैरान होकर रह गया था कि सुरेश कुमार बाली अपने ही समाज के हैं। मैं हैरान इसलिए था कि कई वर्षों तक एक साथ कार्य करते हुए यह भी न जान सका कि वह अपने समाज से सम्बन्ध रखते हैं। खैर, वह मेरे सीनियर तो थे ही, साथ ही साथ वह दूसरे दलित-वर्ग के अधिकारियों और कर्मचारियों के प्रति नौकरी के दौरान उदासीन ही रहे। ऑफिस में माथे पर गज-भर लम्बा तिलक लगाकर आते थे वह। ऑफिस में अपने से बड़े दलित अधिकारियों के साथ भी उनका उठना-बैठना नहीं था।

डायनिंग-टेबल से उठकर अब मैं भी मित्र हरीप्रसाद के साथ ड्राइंग-रूम में आ बैठा। सुरेश बाली ने मुझे पहचान लिया था। मैंने हाथ जोड़कर उनसे नमस्ते की। "...और कैसे हो, कैसा चल रहा है ऑफिस..., अब तो कांग्रेस के पावर में आ जाने से ऑफिस प्राइवेट होने से बच गया।" सुरेश बाली एक साँस में अपनी बात कह गये थे।

"हाँ सर, संयोग से बच ही गया..., वरना, भगवाधारियों ने तो पूरी तैयारी कर ली थी हमें सड़क पर लाने की।"

अपनी बात आगे बढ़ाते हुए मैंने फिर कहा—"सर, वी.आर.एस. लेने के बाद आप क्या कर रहे हैं?"

"अपना बिजनेस जमा लिया है यहाँ रहकर।" उन्होंने अपनी पत्नी का परिचय कराते हुए अपनी बात जारी रखी—"यह मेरी पत्नी..., स्टेट बैंक में कार्य करती हैं।" मैंने उनकी पत्नी को 'हैलो' कहते हुए 'विश' किया था।

थोड़ी देर बाद पंजाब में 'सच्चा-सौदा' के विरुद्ध हो रहे हंगामे पर चर्चा चल पड़ी। सभी अपने-अपने विचार प्रकट करने में लगे हुए थे कि तभी श्रीमती बाली अपने पति को सम्बोधित करते हुए बोलीं—

"तुआनू पता बी है कि नयी, ये सच्चा-सौदा वाले सारे बन्दे साढ़े अपने ही समाज दे बन्दे हन।" उन्होंने अपनी बात और स्पष्ट करते हुए आगे कहा—"जदों पंजाब दे सिक्ख-दरम दे दलितों नू उच्च सम्मान नहीं मिलिया ते उनाने 'सच्चा-सौदा' दे रूप विच अपना नया दरम बना लिया..., एथे तक मजहबी सिक्खाँ और रामदासियाँ लोको लई अलग-अलग गुरुद्वारे ने।"

श्रीमती बाली की बातें सुनकर हरीप्रसाद अवाक् होकर बोला, "अच्छा, ऐसी बात है..., सच्चा-सौदा वाले अपने लोग हैं।" उसने आश्चर्य प्रकट करते हुए श्रीमती बाली के सामने अपनी बात जारी रखी—"लेकिन मैडम, सुनने और देखने में तो यही आता है कि सिक्ख-धर्म में सब बराबर हैं..., ऊँच-नीच की भावना दूर-दूर तक नहीं है, गुरुद्वारों में सभी एक साथ पंगत में बैठकर लंगर चखते हैं।"

हरीप्रसाद की बातें सुनकर श्रीमती बाली मन्द-मन्द मुस्काती हुई अब हिन्दी में बोलीं—"यह सब बड़े-बड़े शहरों और कस्बों में ही देखने को मिलता है, इसका एकमात्र कारण यह है कि बड़े शहरों में लोग एक-दूसरे को ठीक से जानते नहीं हैं..., पंजाब के गाँव-देहात में देश के अन्य राज्यों के गाँवों से भी बुरा हाल है, पंगत में एक साथ लंगर चखने की तो बात दूर रही..., जट्ट सिक्ख. मजहबी व रामदासिया सिक्खों को अपने गुरुद्वारों के अन्दर प्रवेश तक नहीं करने देते।"

सच कहूँ, श्रीमती बाली की बातें मुझे भी अच्छी लग रही थीं। यह जानकर कि उन्हें पंजाब के दलित-समाज के प्रति गहरी वेदना है। साथ ही साथ वह जागरूक भी हैं।

"मैडम, मुझे आपकी बातें सुनकर अच्छा लगा है, आपके मन में अपनों के प्रति हमदर्दी तो है..., काश! ऐसी ही हमदर्दी बाली साहब के मन में होती।" मैंने सुरेश कुमार बाली की ओर देखते हुए उनकी पत्नी से कहा था।

"मैं अपने गले में जाति का पट्टा बाँधकर नहीं रखता और न ही गले में ढोल डालकर बजाता फिरता हूँ कि मैं एस.सी. हूँ।" बाली

ने पत्नी की ओर भृकुटी तानते हुए कहा था। श्रीमती बाली पति की बातें सुनकर अब मौन साधकर रह गयी थीं। लेकिन मैं बाली साहब की बातें सुनकर विचलित हो उठा था। सोच रहा था कि दोनों पति-पत्नी की सोच में कितना भारी अन्तर है।

कुछ पलों की चुप्पी के बाद मैंने अपने को संयत करते हुए कहा था—"बाली साहब, यदि ऐसी बात है तो आपने सरकारी नौकरी में रहते हुए आरक्षण की सभी सुविधाएँ क्यों हाथ बढ़ाकर और आगे बढ़कर लीं..., रही गले में पट्टा बाँधने की बात तो बाली साहब, आप अपने गले में पट्टा बाँधें या न बाँधें, पट्टा तो आपके गले में बँधा ही है और उस पट्टे के कुन्दे में पड़ी चैन का दूसरा सिरा गैर-दलितों की मुट्ठी में हमेशा रहता है..., आपकी पूरी जन्म-पत्री यानी कि आपका पूरा रिकार्ड उनके पास पहले से ही उपलब्ध होता है।"

मेरी बात सुनकर बाली साहब चुप्पी साधकर रह गये थे। लेकिन उनकी पत्नी मेरी बातें सुनकर मुस्करा उठी थीं। मानो, वह मुस्कराकर पति से कह रही हों—

"समाज विच टुआडे वर्गे पढ़े-लिखे रैन वाले लोका ने ही बाबा साहेब नू धोखा दित्ता है।"

स्ट्यूपिड

"क्यों मति मारी गयी है तेरी! अरे नालायक, जा और जाकर अपनी घरवाली कूँ लिवा ला।" बापू ने चिलम की राख को धरती पर बिखेरते हुए कहा था। फिर अम्मा भीं बोल पड़ीं, "ठीक तो कह रहे हैं तेरे बाप, दो वर्ष से तेरे इन्तजार में बैठी है वह बेचारी। जाकर उसे लाता क्यों ना?"

मैं बड़ी उलझन में था कि क्या करूँ जिस औरत से मैं प्रेम करता हूँ वह मुझसे उम्र में पन्द्रह वर्ष बड़ी है। मैं यह भी जानता हूँ कि वह औरत अपने बाल-बच्चों और पति को छोड़कर मेरे साथ रहने नहीं आ सकती। लेकिन मैं क्या करूँ? मजबूर हूँ। उसके सिवाय मुझे दूजा कोई भाता ही नहीं। मेरे और उसके प्यार के चर्चे हरेक की जुबान पर थे। माँ-बाप और परिवार के बड़े मुझे दिन-रात समझाते थे। वे सभी एक ही स्वर में मुझे समझाते, "उस औरत को भूल जा और शादी करके अपना घर बसा ले।" परिवार के सदस्यों और नाते-रिश्तेदारों के सामने मेरी एक न चली। उन्होंने मेरी शादी गाँव में रह रही हाई स्कूल पास लड़की से करवा दी। मैं भी जिद का पक्का था, सो मैंने भी अपनी अकड़ पकड़ ली। सुहागरात की तो बात दूर, जिस लड़की से मेरे घरवालों ने मेरी शादी करवाई, मैंने उसका मुँह तक न देखा। चार-पाँच दिनों के बाद वह अपने गाँव चली गयी।

आज बापू और अम्मा मुझे समझाने में लगे हुए थे। अम्मा ने मेरे सिर पर स्नेह का हाथ फेरते हुए कहा, "बेटा शिवचरण, जो चीज

किस्मत में न हो, उसकी लालसा करना ठीक नहीं। देख, सुमित्रा तोसे पन्द्रह वर्ष से भी अधिक उम्र की है। फिर वह अपने बाल-बच्चों व पति के अच्छे-खासे घर कूँ छोड़कर तेरे सँग रहने सू रही।" माँ ने अपने आँसू पोंछते हुए भर्राए गले से फिर कहा, "बेटा, जा, ससुराल से अपनी घरवाली कूँ लिवा ला।"

बापू ने भी समझाते हुए इसी तरह की बातें मुझसे कही थीं।

उस रात मैं सोच-विचार करता रहा और अन्त में यही निर्णय लिया कि ससुराल चला जाऊँ। दूसरे दिन मैं ससुराल चला गया था। मेरे सास-ससुर और सभी नाते-रिश्तेदार मुझे देखकर खुश थे। दोपहर के भोजन के बाद सभी अपने-अपने काम पर चले गये थे। मैं बैठक में बैठा-बैठा सोच रहा था कि मेरे घरवालों ने मेरी मरजी के खिलाफ मेरा विवाह करके ठीक नहीं किया। मेरे खयालों में अब भी सुमित्रा आ-जा रही थी। मैं यह सब सोच ही रहा था कि इतने में एक सत्रह-अठारह वर्ष की लड़की मेरे सामने से निकली। मैंने नजर उठाकर उसकी ओर देखा तो वह मुझे जीभ चिढ़ाती और मन्द-मन्द मुस्कराती हुई चली गयी। उसकी वह अदा मुझे बहुत प्यारी लगी थी। अब मैं बैठा-बैठा सोच रहा था कि यदि मेरी शादी इस जैसी लड़की से हो जाती तो मेरा जीवन धन्य हो जाता। उस युवती की अदा पर मैं मर मिटा था। अब उसकी झलक पाने के लिए मैं तड़प उठा था। वह एक-दो बार मेरे सामने से निकली भी, लेकिन दूसरे लोगों के पास में बैठे होने के कारण मैं उसकी ओर ठीक से देख नहीं पा रहा था।

शाम के धुँधलके में वह घर से फिर निकली। खेतों की मेड़ से होती हुई वह जंगल की ओर निकल गयी थी। इस बार मैं ताड़ में था। थोड़ी देर बाद टहलने का बहाना बनाकर मैं बैठक से निकल आया था और उसी ओर चल पड़ा जिस ओर वह युवती गयी थी। कुछ देर बाद वह मुझे सामने से आती दिखाई दी। मैं वहाँ उसका इन्तजार कर रहा था। अब मैं मुस्कराता हुआ एकदम उसके समीप आ गया था। मैं उसे प्रेम भरी नजरों से लगातार देखे जा रहा था।

मुझे इस तरह से देखता देख वह लजाकर बोली, “ऐसे कैसे घूर रहे हो? घर में सब राजी-खुशी से तो हैं, बापू और अम्मा कैसे हैं?”

उसकी बातें सुनकर मुझे झटका लगा था। मैंने उससे पूछा, “तुम मुझे कैसे जानती हो? मेरे बापू और अम्मा से तुम्हें क्या लेना?”

“स्ट्यूपिड, मैं कमला हूँ, कमला, तुम्हारी पत्नी!” कहती हुई वह मेरे पास से निकल गयी थी।

उद्धार

किन्नो पशुओं के लिए चारा इकट्ठा करने घर से निकली थी। वह एक खेत की मेड़ के ऊपर से खुरपी से घास छीलने में व्यस्त थी कि तभी गाँव का पण्डित ज्ञानचन्द वहाँ आ धमका। उसने इधर-उधर देखा दूर-दूर तक कोई न था। गाँव भी लगभग डेढ़-दो किलोमीटर की दूरी पर था। किन्नो को अकेली देखकर ज्ञानचन्द मन्द-मन्द मुस्कराया, फिर होठों पर जीभ फेरते हुए उससे सीधे-सीधे बोला–

"देख री, तू मुझे और अधिक दिनों तक मत तड़पा, कितने दिन हो गये हैं तेरी ना-नुकर सुनते-सुनते, अब ना रहा जावे मुझसे...।" उसने अपनी एक आँख दबाते और माथे पर आयी जुल्फों को पीछे की ओर झटकते हुए बेहूदगी भरे लहजे में अपनी बक-बक जारी रखते हुए कहा–

"किन्नो देख, मैं क्या किसी इन्द्र से कम लगूँ?"

ज्ञानचन्द को अचानक सामने खड़ा देखकर किन्नो अकबकाकर रह गयी। वह सँभल पाती और कुछ कहती तभी ज्ञानचन्द फिर बोला–

"किन्नो, तू समझती क्यों न, मैं तेरे रूप और यौवन का दीवाना हूँ।"

"पंडत जी, तुम्हें तनिक भी लाज-शर्म न रही, अरे–मेरी उम्र की तो तुम्हारी बेटी सरस्वती है।" किन्नो ने आँचल सँभालते हुए ज्ञानचन्द से कहा था।

"तेरी उम्र की मेरी बेटी तो है, सच किन्नो..., तेरी जैसी बात ना है वामें।" ज्ञानचन्द ने लम्बी साँस छोड़ते हुए कहा था।

ज्ञानचन्द की बातें सुनकर किन्नो के तन-बदन में आग लग गयी। उसकी भवें तन गयीं। जमीन पर थूकते हुए वह बोली–

"अरे बमना, अपनी बेटी के बारे में ऐसा बोलते हुए शरम ना आये..., कीड़े पड़ेंगे तेरे मौंह में।"

किन्नो की बातें सुनकर ज्ञानचन्द को गुस्सा तो आया, लेकिन उसने अपने गुस्से को जाहिर नहीं होने दिया। गुस्से से उसे अपने खेल बिगड़ जाने का डर था। वह यह दाँव खोना नहीं चाहता था। पल-भर ठहरकर चेहरे पर कुटिल मुस्कान बिखेरते हुए वह किन्नो से बोला–

"देख री किन्नो, तू ठहरी अनपढ़ औरत, तुझे कुछ पता तो है नहीं, अरी-बावली, मैं तो तेरा उद्धार करने आया हूँ..., अपने तो सास्तरों में भी लिखा है कि तेरी जैसी सुन्दर औरतों का हमारे पुरखे हमेशा से उद्धार करते आये हैं।"

ज्ञानचन्द की बेहूदगी भरी बातें सुनकर किन्नो की आँखें अंगारों की तरह दहक उठीं। मानो जैसे अभी ज्ञानचन्द को जलाकर भस्म कर देंगी। ज्ञानचन्द को उसकी अकड़ देखकर सारा मामला भाँपने में देर न लगी। वह अब खिसियाते हुए बोला–

"री नीच चमरिया, तूने इन्द्र और अहिल्या की कहानी नहीं सुनी क्या?"

वह कामान्ध तो था ही, उसने बिना सोचे-समझे किन्नो की ओर अपने नापाक हाथ बढ़ा दिये और उसकी ओढ़नी खींचकर दूर फेंक दी। किन्नो एकदम सकपका कर रह गयी। तुरन्त ही उसने अपने आपको सँभाला और ज्ञानचन्द को सावधान करते हुए बोली–

"देख, तेने मोय हाथ भी लगायौ तो अच्छा न होगौ, खून पी जाऊँगी मैं तेरो।" लेकिन ज्ञानचन्द ने उसकी बातों की परवाह न करते हुए उसे दबोचने की कोशिश कर ही डाली। किन्नो ने तुरन्त अपनी लात का भरपूर वार उसके पेट पर किया। लात के एक ही

वार से वह रूई के बोरे की तरह एक ओर लुढ़क गया।

किन्नो के इस अप्रत्याशित वार से ज्ञानचन्द भौंचक्का रह गया। किन्नो ने अब घास की गठरी को अपने सिर पर रखा और गाँव की ओर चल पड़ी। जाते-जाते वह जमीन पर पड़े ज्ञानचन्द को घूरते हुए बोली–

"बेटी चोद के, ध्यान रखियो..., मैं वो अहिल्या ना हूँ, मैं आज की किन्नो हूँ किन्नो।"

बावला

उस दिन विश्वविद्यालय की बी.एड. की कक्षाओं में दाखिले के लिए केवल दलित छात्र-छात्राओं को ही बुलाया था। साढ़े पाँच सौ दलित छात्र-छात्राओं में से मात्र डेढ़ सौ विद्यार्थियों का ही चयन होना था।

नयी दिल्ली आर. के. पुरम के ट्रेनिंग सेन्टर के प्रांगण में एक ओर को मेज-कुर्सी डाले एक क्लर्क 'काउंसलिंग-फीस' के नाम पर दो-दो सौ रुपये की रसीद काटने में लगा हुआ था। वह बारी-बारी से कैंडिडेट को आवाज लगाता और रसीद काट कर थमा देता। इसी क्रम में रसीद कटाकर एक छात्रा अपने मूल प्रमाण-पत्रों की फोटो-प्रतियों की जाँच कराती हुई फीस जमा कराने काउंटर पर पहुँची तो उसकी परेशानी का कोई ठिकाना न रहा। वह फीस के लिए बीस हजार रुपये नकद लेकर आयी थी। उसे यह ज्ञान न था कि नकद रुपया नहीं, बैंक ड्राफ्ट जमा कराना है। रात के आठ बज चुके थे और सारे बैंक बन्द हो गये थे। वैसे भी प्रातः नौ बजे से इन्तजार करते-करते सभी का बुरा हाल था। वह छात्रा कॉलिज के वरिष्ठ अधिकारियों से मिली। लेकिन उसकी सहायता करना तो दूर कोई उससे सीधे मुँह बात करने को भी तैयार न था। उल्टा, उनमें से कई अधिकारी उसका उपहास करते हुए व अपना मुँह बिचकाते हुए आपस में बतिया रहे थे–

"इन रिजर्व कैटेगरी के बच्चों को कुछ आता-जाता तो है नहीं और चले आते हैं दाखिला लेने, इस लड़की को देखो, इसे इतना नहीं मालूम कि बैंक-ड्राफ्ट जमा कराना है कि नकद रुपया।"

छात्रा को ऐसी बातें सुनकर अब पूरा विश्वास हो गया था कि उसका रजिस्ट्रेशन रद्द हो जायेगा। वह रुआँसी होकर एक कुर्सी पर मुँह लटकाए बैठ गयी कि तभी एक छात्र उसके समीप आया। उसने उस छात्रा से सहानुभूति प्रकट करते हुए कहा—

"मैडम, आप निराश न हों, आप मेरा बैंक-ड्राफ्ट लेकर अपनी फीस जमा करवा दें और इसके बदले रुपया मुझे दे दो।"

"...लेकिन फिर आपका एडमिशन?" छात्रा ने मुँह पर ढलक आये आँसुओं को पोंछते हुए उस युवक से रुँधे गले से कहा था।

"मेरा नम्बर बहुत पीछे है..., मैं जानता हूँ कि मेरा दाखिला नहीं हो पायेगा, इसलिए मैं अपना बैंक-ड्राफ्ट आपको देने की बात कह रहा हूँ।" छात्रा को उस युवक की बातों पर विश्वास ही नहीं हो पा रहा था। वह हतप्रभ होकर उसके मुख की ओर निहारे जा रही थी। जब उस छात्रा को उसकी बात का पूरा विश्वास हो गया तब उसके चेहरे पर खुशी की रेखाएँ उभर आयी थीं। थोड़ी ही देर बाद वह उस युवक के साथ कॉलिज के कैशियर की खिड़की के पास खड़ी अपनी फीस जमा कर रही थी। कैशियर उसके हाथों में बैंक-ड्राफ्ट देखकर हैरान था। वह असमंजस में पड़ गया और सोचने लगा कि इतनी जल्दी यह लड़की बैंक-ड्राफ्ट कहाँ से और कैसे जुटा लायी। कैशियर कुछ कहे कि छात्रा ने पास खड़े उस छात्र की ओर कृतज्ञता से देखते हुए सारी घटना कह सुनाई।

छात्रा फीस जमा कराके वहाँ से जा चुकी थी। अब कैशियर उस छात्र को घूरते हुए बोला—

"बैक-ड्राफ्ट देने के बदले कितना रुपया कमा लिया?" युवक कैशियर की बात का अर्थ समझ नहीं सका। इस बार उसके स्वर में तेजी थी—

"दो हजार लिये या पाँच हजार, कुछ इधर भी सरकाता जा।" उस युवक की समझ में अब भी कुछ नहीं आया कि कैशियर आखिर कहना क्या चाहता है? अब कैशियर नाक सिकोड़ते हुए झुंझलाकर बोला—

"अबे, शड्यूल्ड-कास्ट होने के साथ-साथ क्या बावला भी है?"

आविष्कार

फुर्सत के क्षणों में कम्पनी निदेशक सुरेन्द्र आहूजा अपने केबिन में उप-निदेशक आर.डी. शर्मा के साथ बैठे हुए सरकारी चाय का आनन्द ले रहे थे। चाय की चुस्कियों के साथ कुछ इधर-उधर की हो जाये, यही सोचकर चाय के घूँट को गले से नीचे उतारते हुए वह उप-निदेशक से बोले–

"शर्मा जी, आज तक जितने भी छोटे-बड़े आविष्कार हुए हैं, वे सब के सब विदेशियों ने ही किये हैं।"

"यस सर, एयरोप्लेन से लेकर रेफ्रिजरेटर तक का आविष्कार विदेशियों ने ही किया है।" आर.डी. शर्मा ने निदेशक महोदय से सहमति प्रकट करते हुए कहा।

ऑफिस का चपरासी गिरधर उन दोनों की ख़ातिरदारी में लगा हुआ था। वह कभी चाय के साथ बिस्कुट-नमकीन, तो कभी बटर-स्लाइस लिये केबिन में आ-जा रहा था। इसी दौरान वह कभी-कभी कोई अरजेंट पेपर भी साहब के सामने लाकर रख देता। बार-बार केबिन में आने-जाने के कारण वह उन दोनों के वार्तालाप को ध्यान लगाकर सुन रहा था। निदेशक आहूजा लगातार पूछे जा रहे थे और शर्मा जी उत्तर दिये जा रहे थे

"एयरोप्लेन का आविष्कार किसने किया?"

"राइट ब्रदर्स ने सर!" उप-निदेशक शर्मा को एक बार तो ऐसा लगा मानो वह नौकरी पाने के लिए साक्षात्कार दे रहा हो। वह

निदेशक के प्रश्नों का उत्तर देने के लिए अब ठीक से तैयार होकर बैठ गया। निदेशक ने फिर पूछा–

"बाइसिकल?

"मैकमिलन?"

"इलेक्ट्रिक लैम्प?"

"थॉमस एडिसन।"

"फाऊंटेन पेन?"

"लीयूष ई. वॉटरमैन।"

"लिफ्ट?"

"आई. जी. ओटिस।"

"वेरी गुड, शर्मा जी, आपकी 'जनरल नॉलेज' तो बहुत अच्छी है।" आहूजा साहब ने मेज पर रखे खाली कप को एक ओर सरकाते हुए कहा।

"थैंक्यू सर।" शर्मा ने कहा जैसे उसने कारगिल युद्ध जीत लिया हो।

"शर्मा जी, जनसंख्या में हमारा देश दुनिया में दूसरा सबसे बड़ा देश है, लेकिन..., यहाँ आज तक कोई आविष्कार नहीं हुआ?" आहूजा साहब ने अपनी बात आगे बढ़ाते हुए कहा।

"हाँ सर, आप ठीक कह रहे हैं।" शर्मा ने मेज पर रखे पेपर-वेट को हाथ से नचाते व सहमति में सिर हिलाते हुए कहा।

गिरधर केबिन में एक ओर खड़ा उन दोनों की बातें सुन रहा था। कुछ कहने से पहले वह झिझका, फिर मेज से खाली कपों को उठाते वह बोल पड़ा–

"साब, आप कैसी बातें कर रहे हैं, हमने सैकड़ों क्या, आज से हजारों साल पहले ऐसी चीज़ का आविष्कार कर दिया है, जिसे दुनिया में कोई भी नहीं कर सका...।" गिरधर अपनी बात कह पाता इससे पहले ही शर्मा ने नाक से ढलक आयी ऐनक को ऊपर चढ़ाते हुए तेज स्वर में उससे पूछा–

"अरे, तूने कौन-सी किताब पढ़ ली, बता वह कौन-सा आविष्कार है..., ज़रा हमें तो पता चले?"

"सर, जातिवाद...!"

चिन्ता

सुपर-फास्ट ट्रेन 'शिव गंगा' नयी दिल्ली से चलकर खुर्जा और अलीगढ़ के बीच सरपट दौड़ी जा रही थी। अधिकतर यात्री अपनी-अपनी सीटों पर बैठे रात्रि भोजन कर रहे थे। कुछ सोने की तैयारी में जुटे थे। बगल की लोअॅर-बर्थ पर एक तिलकधारी लेटा सिगरेट के सुट्टे लगा रहा था। धुएँ से तंग आकर खाना खाती एक महिला ने उसे सिगरेट पीने से मना किया। महिला के बार-बार टोकने पर उसने सिगरेट तो बुझा दी, लेकिन वह महिला को कुछ लमहों तक लगातार घूरता रहा। मैं उस महिला की बगल से हटकर तिलकधारी के पास आ बैठा। तिलकधारी को जब पूरी तरह से यह विश्वास हो गया कि मैं उस महिला के साथ के सदस्यों में से नहीं हूँ, तो उसने मेरी ओर आँख दबाते हुए कहा–

"चालू है स्साली।"

मैंने उसकी बात पर ध्यान न देते हुए उससे पूछा–"कहाँ तक जाओगे?"

"बनारस तक!" उसने तुरन्त कहा।

"क्या करते हैं आप, क्या किसी मन्दिर के पुजारी हैं?" मैंने उससे फिर पूछा था।

"नहीं, मेरा तो दिल्ली आना-जाना लगा ही रहता है, चाँदनी-चौक में बनारसी साड़ियों की सप्लाई का काम है मेरा..., उगाही करने आया था।" उसने अपनी बात आगे बढ़ाते हुए कहा–

"आजकल पुजारी के धन्धे में रखा ही क्या है, लोग अधर्मी होते जा रहे हैं..., बनारस के पण्डे-पुजारियों की भूखे मरने तक की नौबत आ गयी है, इसीलिए तो मैंने बनारसी-साड़ियों का धन्धा शुरू कर दिया है।" उससे बातचीत के दौरान मुझे अहसास हुआ कि उसने थोड़ी चढ़ाई हुई भी है। मुँह से शराब की बदबू का तेज भभका आ रहा था। अब उसने मुझसे पूछा—

"आप कहाँ जा रहे हैं?"

"मैं भी बनारस और सारनाथ घूमने जा रहा हूँ।" मैंने उससे कहा।

मेरी बात सुनकर वह तिलकधारी तुरन्त बोला—"पुण्य कमाने जा रहे हो, आपकी किस्मत बहुत अच्छी है।" अब उसने मेरा हाथ दबाते हुए कहा—

"बाबूजी, एक चुटकुला सुनाऊँ, सुनोगे?"

मैं कुछ भी जवाब देता उससे पहले ही वह शुरू हो गया। मेरे कान के पास अपना मुँह लाकर कहा—"बाबूजी, नेता का कोई ईमान-धर्म नहीं होता, नेता और... कहीं भी खड़ा हो जाता है।" कहकर वह खुद ही ज़ोर से ठहाका लगाकर हँसा था। उस समय मैं उसकी बेहूदी बात सुनकर अकबका कर रह गया था।

मैं उसके पास से उठकर अपनी सीट पर जाकर बैठूँ कि तभी उसने मुझे रोकते हुए कहा—"बनारस जाकर काशी विश्वनाथ जी के दर्शन जरूर करना, गंगा मइया की आरती भी देखना..., हाँ, संकट-मोचन ज़रूर जाना, वहाँ जाकर सच्चे मन से जो माँगोगे जरूर मिलेगा।" वह लगातार बोले जा रहा था। उसने अपनी बात आगे बढ़ाते हुए फिर कहा—

"हाँ बाबूजी, दान भी दिल खोलकर करना, दान करने में किसी तरह की कोताही मत करना..., भगवान आपकी सभी इच्छाएँ पूरी करेंगे, देखिए—एक ब्राह्मण आपको ट्रेन में ही आशीर्वाद दे रहा है।" मैं अब उसके पास से उठकर अपनी सीट पर जाकर बैठ गया।

किसी ने ठीक ही कहा था कि 'कश्मीर में बर्फ़ पड़ती है तो कन्याकुमारी का ब्राह्मण सर्दी से कँपकँपाने लगता है।

अन्तर

पिता की मृत्यु के तीजे वाले दिन पूजा-पाठ कराने उसके घर पर पुरोहित आया था। हवन-कुण्ड के समीप पण्डित के साथ बैठा परिवार के अन्य सदस्यों के साथ वह जोर-जोर से दोहराए जा रहा था–

"ऊँ भूर्भुवः स्वः तत्-सवितुवरेण्यम् भर्गो देवस्य धीमहि, धियो योनः प्रचोदयात्।"!!!

पूजा-स्थल पर घी का दीया जल रहा था। पास ही पानी से भरे एक लोटे में आम के पत्ते भी रखे थे। पूजा के बाद पत्तों को पानी में डुबोकर सभी को छींटे दिये गये। अन्त में उसके घर के सभी सदस्यों के हाथों की कलाइयों पर कलावा बाँधा गया।

आज, उसकी माँ का परित्राण-पाठ था। पाठ कराने आज ब्राह्मण पुरोहित नहीं, आये थे बौद्ध भिक्षु। क्योंकि वह हिन्दू धर्म के पाखण्ड व अन्ध-विश्वासों से तंग आकर अब बौद्ध बन गया है। उसके घर के आँगन में पूजा-स्थल पर एक गोल मेज के ऊपर महामानव बुद्ध की तस्वीर रखी थी। बुद्ध की तस्वीर के नीचे मुक्तिदाता की तस्वीर और उस तस्वीर के नीचे लकड़ी के गोल्डन-फ्रेम में जड़ी उसकी दिवंगत माँ की रंगीन फोटो। बौद्ध-भिक्षु के साथ-साथ परिवार के सभी सदस्य एक स्वर में गुनगुना रहे थे–

"नमो तस्सः भगवतो अरहतो सम्मासम्बुद्धस्य।"

फिर हुआ पंचशील का पाठ।

आज पूजा में दीपक के स्थान पर पाँच मोमबत्तियाँ जलाई गयीं। आम के पत्तों की जगह ले ली है अब पीपल के पत्तों ने। परिवार के सदस्यों के हाथों की कलाइयों पर कलावा नहीं, भन्ते द्वारा सफेद धागा बाँधा गया था।

ट्रिक

रासबिहारी लगभग दस-बारह वर्षों से लेखन कार्य में जुटा हुआ था। दस-पन्द्रह कहानियाँ और लगभग इतनी ही कविताओं की रचना कर डाली थी उसने। लेकिन उस कर्म के मारे की रचनाओं को साहित्य के क्षेत्र में नोटिस में ही नहीं लिया जा रहा था। वह अपने माथे पर हाथ मारते हुए साथियों से कहता फिरता—"लगता है सारी उम्र यूँ ही कलम घिसने में निकल जायेगी..., आखिर साहित्यिक हलकों में कब होगी मेरे नाम की चर्चा।"

रासबिहारी रोज नये-नये तरीके खोजता और अपनी रचनाएँ हाथों में उठाए प्रकाशकों व सम्पादकों के दरबार में हाजिरी बजाता। बात बनने में ही नहीं आ रही थी, वह रह-रहकर पत्रिकाओं के सम्पादकों को कोसता—"स्यालों को साहित्य का 'सा' तक नहीं आता और बने बैठे हैं सम्पादक।" रासबिहारी दिन-रात इसी जुगत में लगा था कि बात कैसे बने। वह रातों-रात बिना मेहनत के साहित्य के क्षेत्र में छा जाना चाहता था। इस काम के लिए वह शार्ट-कट मारना चाह रहा था। रासबिहारी ने हिम्मत नहीं हारी। कुछ दिनों बाद अपने जैसे लेखकों के साथ मिलकर उसने एक लेखक संघ (गिरोह)? बना डाला। इस संघ के सदस्यों का काम था रोज नयी-नयी ट्रिक खोजना हमेशा की तरह एक दिन 'कॉफी-हाउस' में इनकी 'जुगत भिड़ाऊ' बैठक जारी थी। गर्म-गर्म कॉफी के साथ सभी सदस्य अपने-अपने विचार रख रहे थे। तभी गुट के एक शरारती

सदस्य ने सभी को चौंकाते हुए कहा—

"आइडिया, आइडिया..., वाह! क्या आइडिया सूझा है मुझे।"

सभी उसकी ओर भौंचक्क होकर देख रहे थे। उसने रासबिहारी को गले से लगाते और बाजुओं से कसते हुए कहा—

"यार, जल्दी से एक साहित्य-सम्मेलन कर डालो।"

"साहित्य-सम्मेलन कराने से क्या होगा?" रासबिहारी ने अपने आपको उस शरारती सदस्य से छुड़ाते हुए कहा था। संघ (गिरोह) के सभी सदस्यों के समझाने-बुझाने पर रासबिहारी सम्मेलन बुलाने को सहमत हो गया था।

आज वह सम्मेलन में मंच पर चढ़ा और माइक से चिपका देश के एक महान लेखक के लेखन पर बड़े-बड़े प्रश्नचिह्न लगा रहा था। भीड़ मंच पर बैठे उसके साथियों के साथ तालियाँ पीटने में लगी हुई थी। अब रासबिहारी को समाचार-पत्रों और पत्रिकाओं ने रातों-रात साहित्य के क्षेत्र में स्टार बना दिया। इस बार उसकी ट्रिक काम कर गयी थी।

करवाचौथ

ऑफिस के 'कर्मचारी-संघ' के कमरे के बाहर आज सुबह से ही महिला कर्मचारियों की भीड़ लगी हुई थी। वे सभी एक स्वर में कर्मचारी यूनियन के महासचिव से माँग करने में लगी हुई थीं कि उन्हें 'लंच' के बाद घर जाने दिया जाये। उनके अनुसार आज उनका 'करवाचौथ' का व्रत था।

कर्मचारी संघ के नेताओं व महिला कर्मचारियों की देर तक हुई बातचीत के बाद इस समस्या को सुलझाया न जा सका। यूनियन के कुछ सदस्यों ने मैनेजमेंट के साथ बात करके किसी तरह से इस समस्या को सुलझाया। मैनेजमेंट ने यूनियन नेताओं के अनुरोध को मानते हुए तय किया कि जो महिला कर्मचारी व्रत रखे हुए हैं, वे तीन बजे के बाद ऑफिस से जा सकती हैं। फिर क्या था। मैनेजमेंट की ओर से हरी झण्डी मिलते ही कुँवारियाँ, विधवाएँ व जिन्होंने व्रत भी नहीं रखा था, सभी एक-एक करके तीन बजे तक चली गयीं।

मेरे अधीनस्थ स्टेनो सुशीला जिसने 'लंच-टाइम' में आलू-शिमला मिर्च की सब्जी के साथ चार रोटियाँ गटकी थीं, वह भी बगल में बैग दबाकर चलने को तैयार होती हुई बोली—

"ओ.के. सर, आई एम गोइंग।"

"मैडम, आपका तो व्रत नहीं है..., फिर आप क्यों जा रही हैं?" मैंने उससे कहा था।

मेरी बात सुनकर उसने मुझे लाल-लाल आँखों से घूरते हुए

कहा—

"तुम्हें क्या, मैं व्रत रखूँ या न रखूँ..., हिम्मत है तो तुम मुझे रोक कर दिखाओ।"

उसकी बात सुनकर मैं भौंचक होकर रह गया था। मुझसे कुछ बोलते नहीं बन रहा था। मैंने बस इतना ही कहा—

"...लेकिन मैडम, ऑफिस का काम...।"

"भाड़ में जाये ऑफिस का काम, जब सभी महिलाएँ जा रही हैं तो मैं क्यों न जाऊँ?" उसने मेरे केबिन का दरवाजा जोर से बन्द करते हुए कहा और बगल में बैग दबाये चलती बनी।

एकता का ढोल

"पापा-पापा, आज शाहदरा, दिल्ली के जिस स्कूल में मेरा सेंटर पड़ा, वहाँ सारे के सारे एस.सी. कैंडिडेट आये थे..., कोई मोटरसाइकिल से तो कोई अपनी-अपनी गाड़ी से।" बिटिया ने अपनी बात जारी रखते हुए मुझसे पूछा था–

"पापा, आप तो कहते हैं कि दलित समाज में पढ़े-लिखे लड़के मिलते ही नहीं हैं..., वहाँ तो एक से बढ़कर एक सुन्दर और हैंडसम लड़के परीक्षा देने आये थे।" बिटिया की बातें सुनकर मुझे अच्छा लगा था। उस दिन उसकी बैंक में 'प्रॅबेशनरी ऑफिसर' पद के लिए परीक्षा थी।

दरअसल पिछले दो वर्षों से मैं उसके विवाह को लेकर चिन्तित रहा हूँ। जहाँ कहीं भी लड़का देखने गया, उसके मेल का लड़का नहीं मिला। बेटी के लिए सुयोग्य-वर की तलाश में न जाने कितना समय और रुपया बर्बाद हुआ है। अब मैं उसके विवाह को लेकर ज्यादा ही परेशान रहने लगा था। मेरी इसी परेशानी को लेकर वह ऐसा कहकर तसल्ली देने में लगी हुई थी। लेकिन उसे मैं कैसे समझाऊँ कि जिन पढ़े-लिखे लड़के-लड़कियों की बातें वह कह रही है, वे कितने अपने हैं?

बिटिया का विवाह मैं दलितों में किसी भी समाज के लड़के के साथ करने को हमेशा से तैयार रहा हूँ। कई दलित साहित्यिक-मित्रों से भी मैंने यह बात खुलकर कही। लेकिन कोई परिवार इसके लिए

आगे नहीं आया। इसका मुख्य कारण यही रहा कि मैं और मेरी बेटी उन सभी की नजरों में पहले 'भंगी' हैं बाद में और कुछ। मेरा पद, प्रतिष्ठा और मेरी बेटी की उच्च-शिक्षा उनकी नजरों में 'जीरो' है। कई दलित लेखकों ने तो दबी जबान में यहाँ तक कह डाला कि आखिर मैं अपनी बेटी का विवाह गैर-वाल्मीकि जाति के लड़के से ही क्यों करना चाहता हूँ। उनके कहे अनुसार मुझे बेटी की शादी अपने ही समाज यानी 'भंगी' समाज में ही करनी चाहिए।

बिटिया को जब मैंने इस विषय को विस्तार से समझाया तो मेरी बात सुनकर उसके मुख से इतना ही निकला—

"ऐसी बात है तो फिर पढ़े-लिखे दलित एकता का ढोल क्यों पीटने में लगे हैं?"

बहुरूपिये

"पी. के. साहब, हमें कुछ नहीं चाहिए, मुझे और मेरे बेटे को आपकी बेटी पसन्द है..., दोनों बराबर के पढ़े-लिखे हैं और मेल भी अच्छा है, आप बेटी दे रहे हैं..., इससे बड़ी और क्या बात हो सकती है, एक कहावत भी है कि 'दुल्हन ही दहेज' है।" लड़के का पिता एक साँस में अपनी बात कह गया था। मुझे और मेरे मित्र संदीप को उसकी बातें सुनकर अच्छा लगा था। उसने अपना सिर खुजलाते हुए फिर कहा—

"किराये के मकान में रहता हूँ, मेरा अपना घर नहीं है, हाँ अलवर में चार सौ गज का प्लॉट लेकर डाल रखा है..., कभी रुपयों का जुगाड़ हो जायेगा तो तैयार करवा दूँगा।"

मैं और संदीप उसकी बातों से पहले ही प्रभावित हो चुके थे। आज के युग में शादी-ब्याह में दहेज न लेने वाला पहला व्यक्ति मिला था यह हमें। बड़े ही सोच-विचार के बाद मैं बेटी का विवाह उसके बेटे से करने को तैयार हो गया था।

लगभग दो महीने बाद उस व्यक्ति से मैं और संदीप फिर मिले थे। उस दिन भी वही रटे-रटाये शब्द उसने फिर दोहराए थे। इस बार उसका 'पी-एच.डी.' में अध्ययनरत बेटा उसके साथ था। वह भी अपने बाप की हाँ में हाँ मिलाने में लगा था। थोड़ी-देर की चुप्पी के बाद वह व्यक्ति बोला—

"पी.के. साहब, मैं जानता हूँ कि आप बिना दहेज दिये मानेंगे

नहीं..., सोफा-सेट, फ्रिज, अलमारी, टी.वी. वॉशिंग-मशीन ये सभी चीजें तो आप देंगे ही...।" मैं कुछ कहूँ कि वह फिर बोला–

"हमारे इलाके में बिजली ही नहीं आती, फ्रिज, कूलर, वॉशिंग-मशीन, टी.वी. हमारे किसी काम के नहीं हैं, सोफा-सेट में कुछ दिनों बाद चूहे अपना बसेरा बना लेते हैं...।"

संदीप कुछ बोलना चाह रहा था, लेकिन वह व्यक्ति किसी को बोलने का मौका ही नहीं दे रहा था। बस्स, अपनी ही हाँकने में लगा था–

"...यदि आपने दहेज देना ही है तो हमें नकद दे दो, या फिर मेरे खाली प्लॉट में मेरे बालकों के लिए मकान तैयार करवा दो।" उस व्यक्ति की बातें सुनकर अब मेरा माथा ठनका। उस समय संदीप ने मेरा हाथ दबाते हुए शान्त रहने को कहा और उस व्यक्ति से पूछा–

"मकान तैयार करवाने में कितना रुपया लग जायेगा?"

"ढाई-लाख।" वह बोला था।

संदीप ने मुझे घर के एक कोने में ले जाकर समझाया कि पढ़े-लिखे लड़के समाज में नहीं मिलते। लड़के का बाप लालची है तो क्या हुआ, लड़का तो पढ़ा-लिखा है। संदीप ने मेरे कन्धे पर हाथ रखते हुए फिर कहा–

"यार, गुप्ताओं और दूसरे बनियों में तो मोटी-मोटी रकम दहेज के रूप में दी जाती है, यह तो ढाई लाख ही माँग रहा है।"

"लेकिन संदीप..., पहले तो इसने बिना दहेज की शादी की बात कही थी।" मैंने कहा था।

बात करते-करते हम दोनों अब उसके पास आकर बैठ गये थे। मैंने पासा फेंकते हुए उससे कहा–"ठीक है, आप मकान बनवाना शुरू करो..., मैं एक लाख रुपये आपको महीनेभर बाद और शेष रकम विवाह के समय दे दूँगा।" मेरी बात सुनकर बाप और बेटे की बाँछें खिल उठी थीं।

बीस दिन भी नहीं गुजरे होंगे कि एक रोज रात को वे दोनों

बाप-बेटा मेरे घर आ धमके। मैंने सोचा था कि 'रक्षाबन्धन' का अवसर है, शायद त्यौहार मनाने आये हैं। लड़के के हाथों में मिठाई का डिब्बा था। कुछ देर बैठने के बाद और उनसे चर्चा करने के बाद ज्ञात हुआ कि दोनों बाप-बेटा, रुपया माँगने आये हैं। उनका रुपया माँगने का ढंग ऐसा था जैसे मैंने उनसे उधार ले रखा हो। उनकी बातें सुनकर मेरे तन-बदन में आग लग गयी थी। इतना घिनौना रूप दोनों का। मैंने उनसे कहा तो कुछ नहीं, लेकिन मेरे हाव-भावों से वे जान गये थे कि अब मेरे घर से खिसक लेने में ही उनकी भलाई है।

माँ और बेटा

माँ और उसका बेटा हमेशा की तरह आज भी पौ फटने से पहले ही गाँव के मोहल्ले कमाने निकले थे। गाँव की गलियों से गुजरते हुए अत्तू ने आज माँ से एक रौ में कई सवाल पूछ डाले–

"अम्मा, हम गरीब क्यों हैं, हमारा घर पोखर के किनारे क्यों है..., अम्मा, हमारा घर ठाकुर-बामनों के घर जैसा क्यों नहीं?"

विधवा चित्रा अवाक् होकर बेटे अत्तू का मुँह ताके जा रही थी। बेटे के सवालों ने उसे असमंजस में डाल दिया। उसे कुछ सूझ नहीं रहा था कि बालक के सवालों का क्या उत्तर दे। वह चुप्पी साधकर रह गयी थी। अत्तू भी माँ के चेहरे पर आते-जाते भावों से समझ रहा था कि माँ के पास उसके सवालों का उत्तर नहीं है। वह चुप होकर रह गया। हाँ, माँ बालक के सवालों को सुनकर बस उसका सिर सहलाकर रह गयी। माँ झाड़ू से कूड़े का ढेर लगाती जाती और अत्तू उन ढेरों को कूड़ा उठाने वाली टोकरी में भरता जाता।

"अम्मा, तू झाड़ू मत लगाया कर।" बालक ने माँ से कहा था।

"बेटा, काम नहीं करूँगी तो तेरा और अपना पेट कैसे भरूँगी..., गाँव के ये ऊँची जाति के लोग काम के बदले ही तो दो रोटी देते हैं।" माँ ने बेटे को समझाते हुए कहा था।

"...लेकिन अम्मा, बलुआ चाचा की घरवाली मोहल्ले कमाने क्यों नहीं जाती, वह भूखी भी नहीं रहती, फिर तू क्यों...?" बेटे ने माँ से पूछा था।

माँ देर तक सोचती रही कि उसे वह कैसे समझाए कि बलुआ पढ़-लिखकर बड़े शहर में सरकारी नौकरी करता है। वह महीने पर खर्च के लिए रुपया भेजता है। माँ यह सब सोच ही रही थी कि बेटा फिर बोला–

"अम्मा, यह काम तू कब छोड़ेगी?"

"जब तू बड़ा आदमी बन जायेगा।" माँ ने सहज-भाव से कहा था।

"मैं कब बड़ा आदमी बनूँगा?" अत्तू उत्सुकता दिखाते हुए बोला था।

"जब खूब पढ़-लिख जायेगा..., बलुआ चाचा की तरह।" माँ ने बालक के सिर पर हाथ फेरते हुए कहा था।

"क्या खूब पढ़ने-लिखने से जल्दी बड़े हो जाते हैं?"

बेटे ने माँ की गोद में अपना मुँह रखते हुए पूछा था।

"हाँ बेटा, ज्यादा पढ़ने-लिखने से आदमी जल्दी बड़ा हो जाता है।" माँ ने बेटे को बाँहों में भरते हुए कहा था।

रात घिर आयी थी। अत्तू डिबिया की रोशनी में पढ़ाई कर रहा था। चित्रा ने उससे कई बार कहा कि अब बहुत अँधेरा हो गया है, सो जा! लेकिन आज अत्तू पढ़े ही जा रहा था। माँ कुछ समझ नहीं पा रही थी। डिबिया की रोशनी में अत्तू अभी भी किताब थामे पढ़ रहा था। नींद उसकी आँखों से कोसों दूर थी। चित्रा ने इस बार झुँझलाकर डिबिया को फूँक मारते और बुझाते हुए कहा–

"अतरा बेटा, कल तुझे मेरे साथ काम पर चलना है और स्कूल भी जाना है..., अब सो जा।"

"अम्मा, तूने ही तो कहा था कि ज्यादा पढ़ने-लिखने से आदमी जल्दी बड़ा हो जाता है..., मुझे रात-भर में बड़ा आदमी बनना है जिससे कि सुबह हम गाँव के मोहल्ले कमाने न जायें।"

बेटे की बातें सुनकर माँ स्तब्ध होकर रह गयी। उसकी आँखों से अश्रु-धारा बह निकली थीं। उसने आगे बढ़कर बालक को सीने से लगा लिया और बहुत देर तक माँ उसके मुँह को चूमती रही।

चिल्ल-पों

कॉलिज के कैम्पस में छात्र और छात्राएँ दाखिले के लिए अपने-अपने फार्म भरने में लगे हुए थे। मैं भी एम.एस-सी. (बॉयो) प्रथम वर्ष हेतु फार्म भर रही थी। फार्म के साथ दसवीं, बारहवीं एवं स्नातक प्रमाण-पत्रों की फोटो प्रतियाँ भी संलग्न करनी थीं। मैं अपना फार्म भर चुकी थी और जमा कराने से पहले संलग्न फोटो प्रतियों की जाँच-परख कर रही थी कि सब ठीक तो है। इतने में पास खड़ी एक छात्रा फार्म भरते हुए कुछ जानकारी प्राप्त करने के वास्ते मेरे पास आकर बोली—

"एक्सक्यूज मी, जरा मेरी हेल्प करना..., देखना मेरा फार्म ठीक भरा है?"

मैंने उसके फार्म पर नजर दौड़ाई। सबकुछ ठीक था। सपोर्टिंग-पेपर भी क्रम से लगे थे। इसी दौरान उसने भी मेरे फार्म को उलट-पुलट कर देख लिया। मैंने उसका फार्म लौटाते हुए कहा—

"ठीक भरा है, जमा करवा दो।"

"भगवान ने हमें शड्यूल्ड-कास्ट क्यों नहीं बनाया?" उसने अपना फार्म पकड़ते हुए व्यंग्य भरे लहजे में कहा था।

"क्यों क्या हुआ?" मैंने उससे पूछा।

"तुम्हारा तो दाखिला हो ही जायेगा, तुम शड्यूल्ड-कास्ट हो न!" उसने मुँह सिकोड़ते हुए मुझसे कहा था। जब वह मेरे पास से जाने लगी तो मैंने उसे रोकते हुए पूछा—

"तुम्हें कैसे पता चला कि मेरा दाखिला हो जायेगा?"

"एस.सी. हो न इसीलिए।" उस छात्रा ने मेरे फार्म पर एस.सी. वाले कॉलम पर अपनी उँगली रखते हुए कहा था।

"जनरल कैंडिडेट्स की बीस सीटें हैं और एस.सी.एस.टी. कैंडिडेट्स की तीन..., अब बहन तू खुद बता कि बीस सीटों में ज्यादा उम्मीद है कि मात्र दो या तीन सीटों में?" मैंने भी सीधे-सीधे उससे पूछा था।

"जनरल सीटों में से भी तो कोटे के लोग झपट्टा मार ले जाते हैं।" उसने माथे पर सलवटें डालते हुए कहा था।

"नहीं, ऐसा नहीं है, जनरल सीटों पर केवल जनरल-कैंडिडेट्स ही और रिजर्व सीटों पर रिजर्व कैंडिडेट्स लिये जायेंगे।" मैं उसे समझाने में लगी हुई थी। लेकिन वह मेरी बात मानने को तैयार ही न थी। अन्त में मैंने उससे पूछा–

"आपको यह बात किसने बताई कि जनरल सीटों पर एस.सी. कैंडिडेट्स अधिकार जमा लेते हैं?"

"हमारे घर-परिवार के सभी यही कहते हैं कि शड्यूल्ड-कास्ट वालों के मजे हैं, इनका कोटे से हरेक जगह आराम से काम बन जाता है।" वह बुदबुदाती हुई आगे बढ़ गयी थी।

मैं खड़ी-खड़ी सोच रही थी कि गैर-दलितों के घर-परिवारों के सदस्यों द्वारा युवा पीढ़ी के दिलों-दिमाग में शुरू से ही दलितों के प्रति जहर और दुर्भावना घोल दी जाती है। मैं उस छात्रा की बातें सुनकर अपना माथा पीटकर रह गयी थी–

"इन्हें अपनी बीस आरक्षित सीटों पर भी तसल्ली नहीं और हमारी मात्र दो या तीन सीटों के लिए इतनी चिल्ल-पों!"

असभ्य

रेलगाड़ी 'समरहिल स्टेशन' से धीमी गति से ऊँची पहाड़ियों की ओर बढ़ी जा रही थी कि तभी सामने वाली बर्थ पर बैठे व्यक्ति ने हम तीनों मित्रों से एक-एक करके पूछा था—

"तुम कौन हो?"

"अनुपम!"

"तुम?"

"संजय।"

"और तुम?"

"इलियास मसीह!" मैंने भी उस व्यक्ति को अपना नाम बताया था।

हम तीनों मित्र शिमला साथ-साथ घूमने जा रहे थे। संजय और अनुपम की बातों से सामने बैठा व्यक्ति सन्तुष्ट नहीं था। उसके चेहरे पर आते-जाते भावों से साफ झलक रहा था कि वह बेचैनी की हालत में है। मेरा नाम सुनकर तो वह जान गया था कि मैं क्रिश्चियन हूँ।

अनुपम, संजय और मैंने उस व्यक्ति की बातें सुनकर पहले एक-दूसरे की ओर देखा और फिर जोर का ठहाका लगाकर हँसे। वह व्यक्ति हम तीनों की हँसी का तात्पर्य नहीं समझ सका। अब वह अपना परिचय देते हुए ठसक के साथ बोला—

"मैं रमाशंकर पाण्डे, इलाहाबाद से आ रहा हूँ, ब्राह्मण हूँ।"

"हम आपके हाव-भाव व आपकी बातों से ही पहचान गये कि आप...।" संजय ने उस व्यक्ति से कहा था।

"आप जैसे व्यक्ति को तब तक चैन नहीं पड़ता जब तक सामने वाले की जाति न जान लें।" अनुपम ने भी संजय की बात का समर्थन करते हुए कहा था।

कुछ पल ठहरकर हम तीनों मित्र आपस में बातें करने में लग गये और वह असभ्य व्यक्ति हमारी ओर पूरे रास्ते लाल-लाल आँखों से घूरता रहा।

छू नहीं सकता

"अच्छा बताओ बच्चो, वह कौन-सी चीज है जिसे हम देख तो सकते हैं लेकिन छू नहीं सकते?"

दूसरी किलास के अध्यापक के सवाल का उत्तर देने के लिए सभी बच्चों ने हाथ ऊपर उठाया हुआ था।

"हाँ, रामू तुम बताओ?"

"सर, सूरज।"

"लक्ष्मी, तुम बताओ?"

"सर, चाँद।"

"लाखन तुम बताओ?"

"सर, आसमान।"

"शाबाश!" कक्षा अध्यापक ने अब पूरी किलास से एक साथ पूछा था–

"अच्छा, और कौन-सी चीज है जिसे हम देख तो सकते हैं, लेकिन छू नहीं सकते?"

"सर, रात को आसमान में चमकते तारे।" सभी बच्चे एक स्वर में बोले थे।

"वेरी गुड, एक्सीलेंट।" ठीक है, अब सभी बच्चे अपना-अपना हाथ नीचे करके शान्त होकर बैठे रहें। कक्षा अध्यापक की बात सुनकर सभी बच्चों ने हाथ नीचे कर लिया था। लेकिन कलास में सबसे पीछे बैठा एक बच्चा अब भी अपना हाथ उठाए हुए था। कक्षा

अध्यापक की जब उस बच्चे पर नजर पड़ी तो उसने उस बच्चे से अब तक ऊपर हाथ उठाए जाने का कारण जानना चाहा। मास्टर ने बच्चे से पूछा था—

"भीमा, क्या तुम इस सवाल का कोई और उत्तर देना चाहते हो?"

"जी सर, वह क्लास-रूम के एक कोने में पीने के पानी से भरा मटका, जिसे मैं देख तो सकता हूँ किन्तु छू नहीं सकता।"

बच्चे ने खड़े होकर अदब के साथ कहा था। बच्चे की बात सुनकर पहले तो मास्टर सकपकाया, फिर नाक-भौंह सिकोड़ते हुए बोला—

"अच्छा-अच्छा, ठीक है..., चल अब बैठ जा।"

राष्ट्रीय खेल

"आजादी से पहले और कई वर्षों बाद तक हमारा राष्ट्रीय खेल 'हॉकी' रहा है। इस खेल में मेजर ध्यानचन्द, के.डी. सिंह बाबू, लक्ष्मण, बलवीर सिंह, अजीतपाल सिंह, अशोक कुमार, बलविन्दर सिंह, प्रकट सिंह, धनराज पिल्लै जैसे महान भारतीय खिलाड़ी रहे हैं..., देश 7 बार से अधिक बार इस खेल में विश्व विजयी रहा है।" देश के खेल मन्त्री नेहरू-स्टेडियम में आयोजित खिलाड़ियों की सभा को सम्बोधित कर रहे थे। उन्होंने अपनी बात आगे बढ़ाते हुए फिर कहा–

"क्रिकेट के मैदान में भी हम कम नहीं है, सन् 1983 में तो हम विश्व-चैम्पियन भी रहे हैं.., वीनू मांकड़, मंसूर अली खान पटौदी, सुनील गावस्कर, कपिल देव, सचिन तेन्दुलकर, विनोद काम्बली, संदीप पाटिल, प्रसन्ना, बेदी, चन्द्रशेखर जैसे विश्व प्रसिद्ध महान खिलाड़ी भारत ने प्रदान किये हैं।"

खेल-मन्त्री ने बीच में रुकते हुए पानी का गिलास उठाया और अपना गला तर किया। वह कुछ आगे बोले कि तभी भीड़ में से आवाज आयी–

"हॉकी तो अब भारत के लिए सपना-सा बनकर रह गयी है, और रही क्रिकेट की बात तो सन् 1983 की घटना को याद करके हम कब तक खुश होते रहेंगे...

वह व्यक्ति अपनी बात पूरी भी न कह पाया था कि तभी भीड़

में से दूसरा व्यक्ति बोला–

"...आज कल तो हमारा राष्ट्रीय खेल छुआछूत, ऊँच-नीच व जात-पांत का खेल बनकर रह गया है।"

भीड़ में से तीसरी आवाज आयी–

"जात-पांत व ऊँच-नीच का खेल तो हजारों वर्षों से हमारा 'राष्ट्रीय खेल' रहा है..., इस खेल में आज तक हमें दुनिया का कोई देश मात नहीं दे सका..., हॉकी व क्रिकेट में तो हम बहुत कम समय के लिए ही चैम्पियन रहे, लेकिन यह छुआछूत व ऊँच-नीच के खेल की खूबियाँ हमारे शरीर के कण-कण में रची-बसी हैं। इस खेल में हमारे पुरखों, जिनमें मनु महाराज, आदिगुरु शंकराचार्य से लेकर आज तक जोशियों, कटियारों, ठाकरों व तोगड़ियों जैसे खिलाड़ियों ने खूब नाम कमाया है। इन जैसे खिलाड़ियों की वजह से ही हम हमेशा से इस खेल में विश्व-विजयी रहे हैं।"

तालियों की गड़गड़ाहट के बीच से खेल-मन्त्री वहाँ से कब के खिसक गये, किसी को भनक तक नहीं लगी थी।

सच कहने वाला शूद्र है

कॉलोनी के पार्क में तिलकधारी पण्डित, जिसका शरीर के ऊपर का हिस्सा नंगा था, बस, जनेऊ धारण किये और लांग खिंची धोती पहने हुआ था। वह वहाँ भीड़ को राम-कथा सुना रहा था। अपनी लच्छेदार बातों से वहाँ बैठी भीड़ को भ्रमित करने में लगा था। भीड़ के बीचों-बीच एक हवन-कुण्ड भी रखा था, जिसमें से लगातार धुआँ उठ रहा था।

"हाँ तो सज्जनो, जिस शिव-धनुष को बड़े-बड़े शूर-वीर योद्धा, राजा-महाराजा टस से मस न कर सके उसी धनुष को सीता मैया झाड़ू बुहारते समय एक हाथ से इधर से उधर रख दिया करती थी...।" पण्डित प्रवचन सुनाने में लगा था।

उसी दौरान एक फटेहाल, समाज द्वारा सताया दीन-हीन मानव भी उस कथा प्रवचन में एक ओर को आ बैठा और पण्डित की बातों को बड़े ध्यान से सुनने में लगा था। लेकिन वह ग़रीब व दीन-हीन व्यक्ति अन्धविश्वासी नहीं था, वह एक जागरूक व्यक्ति था। राम-कथा सुनकर उसके मन में तरह-तरह के विचार आ-जा रहे थे। आखिरकार, उसने पण्डित से पूछ ही लिया–

"पण्डित जी, जिस शिव-धनुष को बड़े-बड़े योद्धा, राजा-महाराजा, टस से मस न कर सके, उसी शिव-धनुष को सीता द्वारा..., यह आम बात कैसे हो सकती है?"

"तू शूद्र जान पड़ता है, ऐसा सवाल शूद्र ही कर सकता है...,

अरे पकड़ो इसे, इस शूद्र के कान में काँच-पिघलाकर डाल दो, इसने यह सवाल किया कैसे?"

पण्डित ने दाँत पीसते और उस व्यक्ति को घूरते हुए कहा था।

"पण्डित जी, क्रोध न करें, मेरे सवालों का उत्तर दें और मेरा भ्रम दूर करें..., बाली और सुग्रीव के पूँछ दिखाई और बताई जाती है, उनका चेहरा भी बन्दरों जैसा दिखाया गया है..., लेकिन रामलीलाओं या दूरदर्शन में उनकी पत्नी को इतना सुन्दर क्यों दिखाया गया है, बन्दर की घरवाली तो बन्दरिया ही होनी चाहिए।" उस व्यक्ति ने पण्डित से नम्रता से कहा था।

पण्डित को अब उस व्यक्ति पर क्रोध आ गया था। वह खड़ा होकर अब ऊँची आवाज में बोला—

"अरे यह पक्का शूद्र है, इसकी जीभ काट लो..., इसने यह सवाल पूछने की हिम्मत कैसे की?"

उस व्यक्ति के सवालों को सुनकर सभी आपस में काना-फूसी करने लगे। वहाँ बैठे व्यक्तियों के चेहरों को देखकर साफ लग रहा था कि उनकी आँखों के सामने से भी अँधेरे की परतें हटती जा रही हों। वह व्यक्ति पण्डित से फिर निडरता से बोला—

"पण्डित जी, राम-जन्म की कहानी कुछ समझ नहीं आती, यदि फल खाने से ही सन्तान प्राप्ति हो जाती थी तो उस युग में विवाह-प्रथा क्यों थी, किसी भी विवाह योग्य युवती को ऋषियों द्वारा फल देकर सन्तान प्राप्त की जा सकती थी, कम से कम नारी जाति को प्रसव वेदना से छुटकारा तो मिलता.., अब आपका दाता ही जाने कि ऋषि-मुनि स्त्रियों को कौन से पेड़ के फल खिलाया करते थे।"

"नीच, अधर्मी! तू शूद्र है, चण्डाल है.., प्रभु के जन्म के विषय में ऐसी अनर्थ बात।" पण्डित लगभग चीखते हुए उत्तेजित स्वर में बोला था।

उधर, दूसरी ओर वह दीन-हीन व्यक्ति शान्त भाव सहित हाथ जोड़े पण्डित से लगातार सवाल पर सवाल किये जा रहा था—

"ठीक है पण्डित जी, सच्ची बात कहने वाला आपकी नजरों में

शूद्र ही होता है..., अयोध्या के एक सच्चे और जागरूक नागरिक ने सीता के विषय में सच्ची बात कही थी, वह भी शूद्र कहलाया, इसी बात को लेकर राम ने सीता का त्याग किया, आपकी जगत-जननी सीता ने भी राम से अनोखे ढंग से बदला लिया..., ऋषि वाल्मीकि की कुटिया में जाकर दो-दो बच्चे..., और बड़े होने पर उन दोनों बच्चों द्वारा लक्ष्मण, भरत और शत्रुघ्न की पिटाई और अन्त में उन दोनों ने राम की भी ऐसी की तैसी करके रख दी।" उस व्यक्ति ने अपनी बात आगे बढ़ाते हुए फिर कहा–

"पण्डित जी, मैं अपने मुँह से क्या कहूँ..., लाज आती है, कभी घास से भी...।"

अब पण्डित की हैरानी का ठिकाना न रहा। वह अपने माथे पर हाथ मारते हुए बड़बड़ाने में लगा था।

"बाप रे बाप, यह शूद्र तो हमारी अन्दर की सारी बातें जान गया है, रात में सोते समय इसे और इसके परिवार को जलाकर मार देना चाहिए।"

वह व्यक्ति अब भी लगातार प्रश्न पूछने में लगा था। इस बार उसने पण्डित से ऊँचे स्वर में कहा–"आपकी जमात के लोग आधुनिक युग में भी मन्दिर-मस्जिद के चक्कर में पूरे देश को गुमराह और मूर्ख बनाने में लगे हैं..., एक बात आप बार-बार कहते हैं कि गर्व से कहो कि हम हिन्दू हैं, क्या बाप का न होना ही हिन्दू होना है..., बड़ा भाई सूर्य से, दूसरा धर्मराज से, तीसरा इन्द्र से और न जाने कैसे-कैसे, हाँ, एक बात आपकी मेरे गले जरूर उतरती है, वह यह कि हिन्दू ऋषि-मुनियों की सन्तान हैं, यह तो सब ऋषि-मुनियों के क्रिया-कलापों से जान ही पड़ता है।"

अब पण्डित के ऊपर घड़ों पानी पड़ गया था। वह मारे शर्म के भीड़ और उस व्यक्ति से नजरें नहीं मिला पा रहा था। उसने लजाकर उस व्यक्ति को उँगली का संकेत करते हुए अपनी ओर बुलाया और दबे शब्दों में उससे कहा–

"अरे सुनो! तुम शूद्र नहीं हो, असली शूद्र तो हम सवर्ण कहे

जाने वाले लोग हैं...।"

पण्डित की बात सुनकर उस व्यक्ति को गुस्सा आ गया था। मारे गुस्से के उसका चेहरा तमतमा उठा था। और उसकी आँखें अंगारे-सी दहक उठी थीं। उस व्यक्ति ने हिकारत भरी नजरों से घूरते हुए पण्डित से कहा था—

"खबरदार, यदि तुमने अपने को शूद्र कहा, तुम झूठे हो, तुम्हारा काम झूठी कहानियाँ बना-बनाकर लोगों को गुमराह करना है..., सच्ची बात कहने वाला ही शूद्र है, तुम्हारे जैसे धर्म-भीरुओं ने ही हमें शुद्ध से शूद्र बनाया है..., तुम पण्डित हो, झूठ हो, इसलिए तुम शूद्र नहीं हो सकते।"

सत्तो बुआ

"अरी अम्मा, वर्षों बाद आज सत्तो बुआ गाँव आ रही है, बापू से कह दीजौ कि मैं उसे लेने कूँ टेशन गयौ हूँ।" लक्खू ने भैंसा-बुग्गी को हाँकते हुए अपनी माँ से कहा था।

सत्तो बुआ पूरे चार बरस के बाद दिल्ली से मायके आ रही थी। दोनों बच्चों की स्कूल से छुट्टियाँ पड़ी हुई थीं, इसीलिए वह ग्रीष्मावकाश में बच्चों के साथ अपने मायके आ रही थी। उसका व उसके पति का शुरू से ही गाँव के प्रति लगाव रहा है। वैसे दलित होने के कारण उन्हें गाँव में रहते हुए ठाकुर-बामनों द्वारा दिये गये दलित पीड़ा के दंशों को झेलना पड़ा है। फिर भी वे गाँव से जुड़े हुए थे। गाँव से जुड़े होने का विशेष कारण उनके बुजुर्गों का गाँव में रहना था।

गाँव से रेलवे स्टेशन लगभग पाँच किलोमीटर की दूरी पर है। लक्खू समय पर स्टेशन पहुँच गया। उसके वहाँ पहुँचने के कुछ देर बाद रेलगाड़ी आ गयी। स्टेशन के बाहर निकलते हुए उसने दूर से ही बुआ को पहचान लिया था। वह लपककर आगे की ओर बढ़ा। बुआ ने भी उसे तुरन्त पहचान लिया और उसे गले से लगाते हुए बोली–

"अरे लक्खू, तू चार साल में इतना बड़ा हो गया!"

लक्खू ने बुआ का सामान बुग्गी में रखते हुए उससे और बच्चों को बैठ जाने को कहा। अब वे दोनों बुआ-भतीजे आपस में बतिया रहे थे। सत्तो रह-रहकर घर के हरेक सदस्य के बारे में पूछ रही थी।

लक्खू भी सभी के बारे में विस्तृत जानकारी देने में लगा था। अभी वे दोनों स्टेशन से कुछ ही दूर निकले होंगे कि रास्ते में गाँव का ठाकुर सरपत दिखाई दिया। सरपत ने भी लक्खू को दूर से पहले ही देख लिया था। उसने लक्खू को आवाज लगाई।

"अरे खटीक के, तनिक ठहरियो, मैं भी संग चलंगौ।"

लक्खू ने सरपत की ओर पल-भर के लिए देखा। लेकिन वह उसकी आवाज को अनसनुी करते हुए भैंसा-बुग्गी को आगे बढ़ा लाया। ठाकुर को उसकी इस बात पर गुस्सा आ गया। अब वह तेज कदमों से लक्खू के समीप आ पहुँचा। ठाकुर आगबबूला होते हुए बोला था–

"क्यों रे खटीका के, बहरो है गयौ का..., सुन नायँ रहौ, मैं भी गाम तक चलूँगौ।"

लक्खू बात को आगे बढ़ाना नहीं चाहता था। गाँव में चारों ओर ठाकुरों का दबदबा था, इसीलिए उसने चुप रहना ही उचित समझा। फिर भी, उसने साहस बटोरते हुए ठाकुर से क़हा था–

"दीख नायँ रहौ, बुग्गी में मेरी बुआ और बालक बैठे हैं।"

"...तो काह है गयौ, मैं कौन-सो तेरी बुआ के चेंटुआ भर लूँगौ।" ठाकुर ने बेहूदगी दिखाते हुए कहा।

ठाकुर की बात सुनकर लक्खू तिलमिलाकर रह गया। "ना बिठाऊँ...बुग्गी मैं अपनी बुआ के लिए लाऔ हूँ..., तेरे लिए नायँ।" लक्खू के स्वर में भी तेजी थी।

"अरे तेरी बहन की..., साले खटीक, नीच.., तेरी इतनी हिम्मत, ठाकुर से ऐसे बोल रहौ है, इज्जत करनौ ही भूल गयौ..., मैं बताऊँ तोय।" कहते हुए उसने लक्खू को लात और घूँसों से पीटना शुरू कर दिया। दोनों बच्चे सहम गये थे। सत्तो भी हैरान होकर रह गयी। लक्खू को बेवजह पिटता देख उसके तन-बदन में आग लग गयी थी। उसने बिना देर किये पैना अपने हाथ में उठाया और सटाक-सटाक ठाकुर के ऊपर बरसाना शुरू कर दिया। पैने की मार से ठाकुर तिलमिलाकर रह गया। सत्तो के अप्रत्याशित वार से घबराकर ठाकुर

सरपत अकबकाकर रह गया। वह वहाँ से भाग खड़ा हुआ, लेकिन भागते हुए उसका पैर फिसल गया और वह जमीन पर जा गिरा। अब सत्तो उसके सीने पर पैर रखते हुए बोली–

"हरामी के, तेरे बाप की बुग्गी है..., तुझे क्यों बिठाएँ?"

नीचे जमीन पर पड़े सरपत को ठोकर मारते हुए वह फिर बोली–

"खैर चाहता है तो भाग जा यहाँ से, वरना, पैना की नोक से आँखें फोड़ डालूँगी।"

ठाकुर सरपत देख लेने की धमकी देते हुए वहाँ से चलता बना। सत्तो ने फटकारते हुए उससे तेज स्वर में कहा–

"अरे कायर, तू अब कुछ न कर सको तो फिर काह करेगौ..., ऐसी बन्दर भभकी किसी और कूँ दीजौ।"

हंसिका फिर कभी न आयी

जंगल में किसी को पता ही नहीं चला कि आखिर चील ने आज किस बात पर गुस्सा होकर अपनी पैनी चोंच से हंसिका के पंख नोच डाले। उसके शरीर पर गहरे-गहरे घाव भी कर दिये थे। हंसिका कुछ देर तक टूटे पंख लिये फड़फड़ाती रही, फिर एक ओर को निढाल होकर लुढ़क गयी। बीच-बीच में जब उसे होश आता तो दर्द के मारे कराह उठती और सहायता के लिए पुकारती—

"....अरे बचाओ, हाय मैं मर गयी।"

उसी जंगल में कौवों का झुण्ड भी रहता था। कौवों के मुखिया ने जब हंसिका की पुकार सुनी तो वह उसके समीप जा पहुँचा। हंसिका की दुर्दशा देखकर कौए को दया आयी। उसने बिना देर किये अपने पंख फैलाकर हंसिका के जख्मों को छाँव दी और उसको स्नेह से सहलाया। दौड़कर उसने सभी कौवों को उसके घायल होने की सूचना भी दी। सूचना पाकर कौवे के कुनबे के सभी सदस्य तुरन्त वहाँ पहुँचे। वे सभी के सभी दिन-रात जख्मी हंसिका की देख-रेख में लग गये थे। उन सभी की दिन-रात की सेवा और हंसिका की इच्छा-शक्ति ने कुछ ही दिनों में उसे स्वस्थ कर दिया। गहरे घाव भी जल्दी भर गये थे।

कुछ ही दिनों में हंसिका अब पूरी तरह से स्वस्थ हो गयी। अपने नये उग आये पंखों से अब वह सरोवर किनारे हंस से जा मिली थी। ऐसे ही दिन व्यतीत हो रहे थे। हंसिका की जब कभी भी कौवे से

भेंट होती, कौवा उसकी सेहत के बारे में पूछ लेता। हंसिका ने एक-दो बार तो उसे ठीक से उत्तर दिया, लेकिन कुछ दिनों बाद अपनी आदत के अनुसार अपने को कौवे से श्रेष्ठ समझकर उसके आगे से कन्नी काटकर निकल जाती।

दूसरी ओर कौवा सहानुभूति प्रकट करते हुए हमेशा उससे बातें करता। वह चाहता था कि जंगल में जैसे सभी पक्षी एक साथ प्यार से रहते हैं, वैसे ही हंस और हंसिका भी जंगल के दूसरे पक्षियों से मेल-जोल बढ़ाएँ। लेकिन कुछ दिनों बाद ही कौवों के मुखिया को हंसिका के व्यवहार से पता चल गया कि वह उसके या जंगल के दूसरे पक्षियों के साथ किसी भी प्रकार का सम्बन्ध नहीं रखना चाहती। आखिरकार, कौवे ने एक रोज हंसिका से पूछ ही लिया।

"तुम्हारा यहाँ आना हम सभी पक्षियों को अच्छा लगता है, मेरे परिवार के सभी सदस्यों को तो तुम बहुत भाती हो...।" कौवा अपनी बात पूरी कह पाता कि हंसिका अपने पंखों को हवा में लहराती हुई बोली–

"...मेरे पति और मेरे परिवार के दूसरे सदस्यों को मेरा आप सब से मिलना अच्छा नहीं लगता।"

"क्यों, उन्हें क्यों अच्छा नहीं लगता?" कौवे ने उत्सुकता प्रकट करते हुए उससे पूछा था।

"वे सभी यही कहते हैं कि तुम्हारी और हमारी जाति में बड़ा भारी अन्तर है..., और बात भी सच है..., हम ऊँचे कुल के हैं और तुम..., तुम्हारे और हमारे रंग में भी तो कितना भारी अन्तर है।" हंसिका ने अपनी गर्दन मटकाते हुए कौवे से कहा।

हंसिका की बातें सुनकर कौवा हतप्रभ होकर रह गया। पहले तो उसे हंसिका पर गुस्सा आया, फिर अपने को संयत करते हुए बोला–

"ऊँचे कुल का ढिंढोरा पीटने वालों, उस दिन तुम्हारे कुल के लोग कहाँ चले गये थे, जिस दिन चील ने अपनी पैनी चोंच से तुम्हारे सारे पंख कुतर डाले थे..., उस दिन मैंने और मेरे कुनबे के सदस्यों ने ही

तुम्हें नया जीवन दिया था।"

कौवे की बात सुनकर हंसिका पर घड़ों पानी पड़ गया था। उससे कुछ बोलते नहीं बना। थोड़ी ही देर में वह कौवे की आँखों से ओझल हो गयी और मारे शर्म के फिर वह उस ओर कभी न आयी।

□□